LA SPOSA RUBATA

SERIE SUI MÉNAGE DI BRIDGEWATER - 7

VANESSA VALE

Copyright © 2019 by Vanessa Vale

Tutti i diritti riservati. Nessuna parte di questo libro può essere riprodotta o trasmessa in qualunque forma o mezzo, elettrico, digitale o meccanico, incluso ma non limitato alla fotocopia, la registrazione, la scannerizzazione o qualunque altro mezzo di salvataggio dati o sistema di recupero senza previa autorizzazione scritta da parte dell'autore.

Vale, Vanessa
Titolo originale: Their Stolen Bride

Cover design: Bridger Media
Cover graphic: Period Images; fotolia.com- Jag_cz

ISCRIVITI ALLA NEWSLETTER

Unisciti alla mailing list per essere informato per primo su nuove uscite, libri gratuiti, premi speciali e altri omaggi dell'autore.

http://vanessavaleauthor.com/v/db

PROLOGO

Mary

«A quattro zampe, tesoro.»

L'uomo se ne stava accanto al letto, nudo come il giorno in cui era nato, ad accarezzarsi l'uccello durissimo. Del liquido trasparente fuoriusciva dalla punta e il ghigno folle che aveva in volto dimostrava che si stava divertendo. Era attraente, snello, muscoloso e aveva la mandibola scurita da una barba ben rasata.

La donna gli sorrise maliziosa e fece come le era stato detto. Indossava solamente un corsetto rosso sangue, i lacci in cima sciolti e il seno abbondante che ne strabordava fuori.

Mi trovavo nella stanza accanto, a spiare attraverso un piccolo buco, le mani premute contro la parete, a osservare. Chloe, una delle tante puttane del Briar Rose's, stava accanto a me, spalla contro spalla, mentre spiava da un altro punto tutto suo.

La prostituta, ora a quattro zampe, spinse in fuori il

sedere e lo agitò, invitando l'uomo a guardarle la figa. Per quanto nessuno dei due fosse timido e una fosse una professionista, avevano un atteggiamento che indicava che fossero già stati assieme a quel modo in passato.

Mi ero messa a spiare insieme a Chloe negli ultimi mesi e ormai riuscivo a capire certe cose. Sì, conoscevo i termini più volgari per indicare il membro di un uomo, il posto segreto di una donna e molto di più. Cazzo, figa, culo, sperma. Quelle parole non erano più rozze o oscene. Avevo fatto visita al bordello, inizialmente in maniera piuttosto innocente per portare degli abiti come carità tramite le Ausiliatrici, ma avevo conosciuto Chloe e ci ero tornata per amicizia. E, lo ammetto, perché ero curiosa di sapere che cosa succedesse in un bordello. Cosa succedesse tra un uomo e una donna.

Trasalii quando l'uomo sculacciò la prostituta sulle natiche, un'impronta di un rosa acceso che sbocciava sulla sua pelle chiara.

«Vedi, a Nora piace,» sussurrò Chloe.

Non c'era dubbio che la prostituta fosse a conoscenza degli spioncini, ma l'uomo che aveva pagato per farsi la florida Nora probabilmente no. Erano previsti come misura di sicurezza – gli uomini erano imprevedibili e alle volte crudeli – ma io li trovavo utili per origliare. La signorina Rose, la Madama, sembrava contenta delle mie attività *ragionevolmente* innocenti, fintanto che fossi rimasta nascosta.

«Le piace farsi sculacciare?» sussurrai di rimando. Riuscivo a vedere che le piaceva davvero, con la sua espressione sorpresa, poi le palpebre che si abbassavano a mezz'asta. Anche a me piaceva, ma non osavo dirlo a Chloe, nè a nessun altro. L'idea della mano di un uomo che mi colpiva il sedere nudo mi faceva bagnare tra le cosce, mi faceva contrarre la figa, proprio come a Nora.

La sua figa era rosa, gonfia e umida della sua eccitazione.

La sposa rubata

Senza dubbio lo era anche la mia ed io stavo solo guardando. Volevo un uomo che mi facesse così. Non l'uomo con Nora, ma *un* uomo. Il mio uomo, chiunque potesse essere. Volevo lanciargli un'occhiata maliziosa da sopra la spalla, vedere il suo ghigno rivolto a me. Mi morsi un labbro per soffocare un gemito, quando lui la sculacciò di nuovo, il forte schiocco della sua mano contro la sua pelle che risuonava attraverso la parete.

Avevo visto prostitute che fingevano con gli uomini, che recitavano mimando il piacere in cambio di soldi. Tuttavia, Nora non aveva bisogno di fingere con lui. Invece di infilarle il cazzo dentro – di scoparsela, come diceva Chloe – lui si inginocchiò sul letto alle sue spalle e le mise la bocca… lì.

«Ossignore,» sussurrai. Chloe coprì una risatina con le dita. Io guardai la mia amica, tutta capelli rossi ribelli e guance rosate, e seppi di avere gli occhi sgranati. *Quella* era una cosa nuova da vedere.

«Gli piace la figa,» sussurrò lei.

Riportai l'occhio allo spioncino, quando sentii l'esclamazione di piacere di Nora. Lui le stava leccando la pelle, succhiandola, mordicchiandola perfino. Oddio. La sua barba cominciò a luccicare dell'eccitazione di lei.

«Brava, tesoro, vieni per me,» disse l'uomo. «Vienimi sulle dita, dopodichè ti scoperò.»

«Sì!» gridò Nora. L'uomo si ripulì la bocca con la mano libera e le fece scivolare dentro e fuori le dita, mentre lei vi si dimenava sopra.

Fu difficile non agitarmi sul posto mentre guardavo l'uomo dare a Nora un tale piacere. Era così impaziente di vederla venire che metteva da parte le proprie necessità. Lo volevo anch'io. Volevo un uomo che mi mettesse al primo posto.

Lui la sculacciò di nuovo. L'uccello dell'uomo era enorme

e gocciolava, chiaramente bisognoso di trovare anche lui sollievo. «Ora, tesoro. Dammelo ora.»

Nora lo fece, urlando il proprio piacere. L'espressione sul suo volto fu squisita. Abbandono selvaggio. Non pensava ad altro che al piacere che l'uomo le stava estraendo dal corpo. Il ghigno folle di lui lasciava intendere che potere avesse sul suo corpo.

Dio, lo volevo anch'io. Lo bramavo. Ne avevo bisogno. Ma io non ero una puttana al Briar Rose. Io ero un'ereditiera del rame e non avrei nemmeno dovuto sapere che cosa fosse una scopata. Non avrei dovuto conoscerne nemmeno la parola. Eppure lo sapevo. Ciò mi rendeva una libertina? Forse, ma la mia vita era così piatta, così severa e vuota che fare visita a Chloe e scoprire un mondo del tutto nuovo era l'unica cosa che mi divertiva. Che mi dava speranza.

Speranza che ci fosse un uomo là fuori che mi avrebbe desiderata come quell'uomo desiderava Nora. Volevo essere selvaggia, non repressa. Volevo lasciare che tutti i miei desideri segreti venissero condivisi con una persona che se ne sarebbe presa cura, non che li avrebbe schiacciati sotto lo stivale della società per bene.

Volevo più di quanto avrei mai ottenuto col mio promesso sposo. Se mio padre avesse ottenuto ciò che voleva, sarebbe stato il signor Benson e lui non mi avrebbe *mai* sculacciata, né mi avrebbe leccato la figa nè mi avrebbe mai presa da dietro come stava facendo quell'uomo con Nora. Invece, me ne sarei rimasta sdraiata sulla schiena nel letto, sarebbe stato buio e il signor Benson mi avrebbe sollevato la camicia da notte e mi avrebbe presa senza pudore, riempiendomi del suo seme. Sarebbe stato goffo e fastidioso, appiccicoso e disordinato; io non avrei provato alcun piacere. Non avrei provato... nulla.

Quando l'uomo e Nora trovarono il loro ultimo piacere, entrambi ad alta voce, io e Chloe demmo le spalle al muro.

Un'altra prostituta, Betty, infilò la testa nella stanza vuota dalla quale ci eravamo messe a spiare. «Mary, c'è il tuo uomo,» sussurrò.

«Il signor Benson?» Il mio cuore perse un battito all'idea che avrebbe potuto vedermi. Ne dubitavo fortemente, ma ero nervosa comunque. «È qui?»

L'idea di osservare il mio promesso sposo che si scopava un'altra donna mi faceva venire la nausea.

Betty annuì, ma non sembrava entusiasta. «Sì, e sta portando una frusta da Tess.»

Io e Chloe ci lanciammo un'occhiata e corremmo dietro a Betty. Fui colta dal panico all'idea di ciò a cui avrei assistito attraverso un altro spioncino, dal momento che seppi in quel momento che se avessi sposato il signor Benson, il piacere che Nora aveva trovato non mi sarebbe mai appartenuto.

1

Mary

Il sibilo del vapore mi colse di sorpresa e mi fece inciampare, mentre scendevo dal treno.

«Attenta, signorina Millard,» disse il signor Corbin, afferrandomi con delicatezza un gomito fino a quando non ritrovai l'equilibrio sulla terra ferma. Perfino in quel calore, riuscivo a sentire quanto fosse tiepido il suo tocco attraverso la manica.

La piattaforma a Butte era molto affollata, con molta gente che scendeva a terra dopo un lungo viaggio da est. Era la città più ricca sulla Terra e i futuri minatori erano impazienti di trovare un proprio filone di rame e farci una fortuna.

Non ero poi così trepidante, dal momento che ero giunta solamente da Billings, non da Minneapolis o nemmeno da Chicago, e avevo vissuto a Butte per tutta la mia vita. La città mi era piuttosto famigliare e non avevo le speranze degli altri. Certo, io non avevo bisogno di lavorare per guadagnare. Non perché fossi una donna, ma perché mio padre aveva più soldi di Dio. Parole sue, non mie.

Per cui il viaggio attraverso il Territorio del Montana era stato breve ed io non ero pronta a tornare da mio padre e dai suoi piani. Per quanto trascorrere il mese con mia nonna fosse stato ben lungi dall'essere emozionante, di certo aveva ritardato ciò che immaginavo fosse inevitabile. Avrei voluto voltarmi subito e risalire in carrozza, guardare Butte che mi passava lentamente accanto e proseguire verso luoghi sconosciuti.

La mano del signor Corbin indugiò forse un istante più del necessario su di me. Mi voltai a sollevare lo sguardo sull'uomo – uno dei due uomini – che era stato tanto gentile e attento nei miei confronti durante il viaggio. Avevamo chiacchierato affabilmente per ore e loro – lui e il suo amico, il signor Sullivan – mi avevano accompagnata al vagone ristorante per il pasto di mezzogiorno così che non dovessi sedere da sola. Non era stato un peso trascorrere il tempo con due uomini bellissimi.

Con i suoi capelli biondi e il sorriso facile, il signor Corbin senza dubbio faceva voltare molte teste ovunque andasse. Decisamente aveva fatto voltare la mia, così come il suo amico, il signor Sullivan. Avevo passato delle ore a chiedermi silenziosamente quale dei due mi attirasse di più. Preferivo che il mio uomo fosse biondo o moro? Disinvolto o intenso? In ogni caso, si erano mostrati entrambi dei perfetti gentiluomini. Purtroppo.

Perfino in quel momento, con la mano del signor Corbin sul mio gomito sulla piattaforma della stazione, lui manteneva una distanza appropriata tra noi due ed era molto attento. Nessuno avrebbe messo in dubbio la sua galanteria. La galanteria mi stava più che bene, ma io bramavo le attenzioni più... intime che un uomo dimostrava alla propria moglie. Volevo quella connessione, quel legame che vedevo tra le mie amiche e i loro mariti. Gli sguardi segreti che si scambiavano, una carezza gentile, perfino il tenersi per mano. Volevo anche farmi prendere con abbandono. Farmi scopare, come diceva la mia amica Chloe.

Tuttavia, quegli uomini mi vedevano come una signorina per bene e non mi avrebbero sottoposta ad un comportamento tanto lascivo. Diamine.

Sfortunatamente, la mano del signor Corbin sul mio gomito era l'unico tocco che avessi ricevuto da parte sua. Volevo di più da lui, mi immaginavo che sensazione mi avrebbe dato la sua pelle contro la mia, senza la barriera del mio abito di mezzo.

«Vi ringrazio,» mormorai, desiderando che mi accarezzasse la schiena con quella mano, che mi sfilasse le forcine dai capelli, che mi slacciasse il corsetto. In quanto nubile, non avrei potuto – né *dovuto* – sapere nulla di cosa fosse in grado di fare un uomo una volta tolto quel corsetto, eppure io lo sapevo. Non in senso pratico, ma avevo visto abbastanza di ciò che accadeva tra un uomo e una donna da volerlo per me stessa. Era stata Chloe a suscitare il mio interesse in tutto ciò che era maschile e sembrava che fossi stata corrotta del tutto. Potevo anche essere stata macchiata, ma avevo ancora la mia virtù.

Se mio padre fosse venuto a sapere delle mie visite al Briar Rose e a Chloe, di ciò che lei mi aveva mostrato, non mi sarebbe mai più stato permesso di uscire di casa. Probabilmente sarei stata mandata nel convento al confine della città, le Signore dell'Immacolata Concezione, fino a quando non avesse saputo cosa farne di me.

Avevo scoperto anche che il mio vivere sotto una campana di vetro mi aveva fatto vedere le ragazze come Chloe in maniera distorta e prevenuta. Le ausiliatrici avevano detto che le prostitute erano povere, quando invece guadagnavano dei bei soldini standosene sulla schiena e non avevano bisogno degli abiti usati che avevo consegnato loro. Avevo anche scoperto che gli uomini che mio padre mi aveva fatto sfilare davanti in qualità di possibili pretendenti non erano dei veri gentiluomini; ne avevo sorprendentemente riconosciuti diversi attraverso gli spioncini posti nell'edificio. Ciò che avevo visto avrebbe fatto perdere i sensi a quelle ausiliatrici. Tutto ciò che aveva fatto a me era stato rendermi spesso bagnata tra le cosce e bramosa delle attenzioni di un uomo.

Avendo spiato, avevo visto il vero Reginal Benson, l'uomo che stava avanzando vero di me lungo la piattaforma della stazione assieme a mio padre, e lui *non* era un uomo che avrei voluto corteggiare. Dopo aver saputo che cosa aveva fatto a Tess, non volevo nemmeno trovarmi sulla stessa piattaforma assieme a lui. Rabbrividii al ricordo delle urla della prostituta, mentre veniva frustata. Per fortuna, Chloe aveva detto che il Grande Sam era andato a salvarla e lei si sarebbe ripresa. Il signor Benson era perfino stato espulso dal Briar Rose, ma ciò non significava che avrebbe cambiato modi. Avrebbe semplicemente trovato qualcun altro da ferire. E se io lo avessi sposato...

Tuttavia a mio padre quell'uomo piaceva, dal momento che avanzavano verso di me insieme. O mio padre non era a conoscenza delle crudeli tendenze di quell'uomo, o non gli importava.

«Oddio,» mormorai. Mio padre voleva mettermi insieme al signor Benson. Non sarebbero venuti a prendermi di persona alla stazione - insieme – per nessun altro motivo. Mi montò la bile in gola nel rendermi conto che io ero l'anello di congiunzione tra le due più grandi miniere della città, possedute da loro due.

Non sarei andata in convento; avrei sposato il signor Benson e sarebbe accaduto presto.

Non potevo permettere che accadesse. Non sarei sopravvissuta al crudele schiocco di una frusta o a nessuna delle cose orribili che avrebbe fatto il signor Benson. Non ci sarebbe stato nessuno ad aiutarmi, a salvarmi. Nessun Grande Sam. In quanto moglie, avrei potuto essere picchiata – o peggio – senza che nessuno intervenisse. Sarei stata una proprietà. Gemetti all'idea e afferrai il braccio del signor Corbin.

Sì, era un gesto impetuoso, ma disperato. Tuttavia, nel giro di un minuto, mi avrebbero trovata e mi avrebbero portata via.

Sollevai agitata lo sguardo sull'uomo. «Io... ho bisogno del vostro aiuto.»

Gli occhi del signor Corbin si assottigliarono mentre abbassava lo sguardo sul proprio braccio prima di guardarsi attorno alla ricerca di pericoli nascosti. Mi spinse dietro di sé, facendomi da scudo.

«Che succede, dolcezza?» mi chiese, gli occhi chiari che incrociavano finalmente i miei. Io deglutii, dal momento che era decisamente troppo bello e piuttosto preoccupato. Non mancai di notare la sua protettività, né il vezzeggiativo che gli conferiva fin troppa confidenza.

«C'è mio padre con un uomo a cui non voglio... offrire le mie attenzioni.»

Lui lanciò un'occhiata lungo la piattaforma. Per quanto ci fosse molta confusione, sapevo che aveva adocchiato il duo che mi stava cercando. Fui grata, per una volta, del fatto che Butte fosse un luogo tanto affollato.

«Uno è della stazza di una stufa panciuta e l'altro ha i capelli tirati indietro e i baffi?» mi chiese.

Annuii e tenni lo sguardo volto altrove, rabbrividendo alla descrizione del signor Benson. Il signor Corbin ci fece voltare così che il suo corpo bloccasse la vista dei due uomini su di me, concedendomi qualche altro istante di tregua. Era così grande che io ero ben nascosta dalle sue spalle e il petto ampio. Gli arrivavo a malapena alle spalle. Mi sentivo protetta e stranamente al sicuro.

«Sì. C'è molto da raccontare e poco tempo, ma mio padre vuole che lo sposi, quello con i baffi.»

«Voi non volete.» La sua voce era bassa e profonda, chiara e calma, a differenza del mio tono agitato. Avevo i palmi delle mani sudati e il cuore che mi batteva forte nel petto.

Rabbrividii all'idea di diventare la moglie del signor Benson. «Non potrei... non potrei sopportare il suo tocco.»

Il signor Corbin in qualche modo si fece più alto, più allerta. «Se ha fatto qualcosa di inappropriato, lo ucciderò.»

Le sue parole brusche mi fecero incurvare la bocca in un piccolo sorriso, ma mi preoccupai che facesse piuttosto sul serio. Non temevo il fatto che si fosse offerto di uccidere qualcuno, bensì la trovai una cosa piuttosto protettiva e rassicurante.

Dando una rapida sbirciata dietro la spalla del signor Corbin, vidi che si stavano avvicinando. «Fingete di essere il mio promesso sposo,» dissi in fretta. L'idea era assurda, ma fu la prima che mi venne in mente. Poteva funzionare. Il signor Corbin era dell'età giusta, non era sposato – se non altro non aveva accennato ad una moglie durante la corsa in treno – ed era dello stato sociale appropriato per rendere la cosa credibile a mio padre e al signor Benson.

Fu il suo turno per sorridere. «Quando qualcuno mi fa una proposta di matrimonio, dovrebbe quantomeno mettersi in ginocchio.»

Stringendo le labbra, respinsi quella sua frivolezza. «Mio padre intende darmi in sposa ad un uomo per ampliare i suoi possedimenti minerari. Sarei la terza moglie di quell'uomo: la prima è morta di parto e la seconda è scomparsa misteriosamente.»

La sposa rubata

Ogni traccia di divertimento svanì dal volto del signor Corbin.

«Il vostro aiuto ritarderebbe ciò che loro vedono come inevitabile, ma mi concederebbe del tempo per fuggire.»

«Fuggire?» domandò lui, la voce fredda.

«Ho preso tempo trascorrendo questo mese con mia nonna a Billings, ma gli uomini sono entrambi impazienti. Non sarebbero venuti alla stazione per me, altrimenti. Non è nella loro natura occuparsi di nessuno a parte se stessi.»

«Lo temete così tanto?» mi chiese. Il suo sguardo scorse sul mio volto come a valutare la verità che si celava dietro le mie parole.

Fissai lo sguardo sui bottoni della sua camicia così da non doverlo guardare negli occhi mentre dicevo, «Temerlo?» Annuii. «Assolutamente. L'ho anche visto con delle prostitute e so che non siamo... fatti l'uno per l'altra. Ciò che desidera lui e ciò che bramo io sono agli antipodi.»

Non c'era tempo per scendere nei dettagli della crudeltà del signor Benson.

Un sopracciglio chiaro del signor Corbin si inarcò. «Mi piacerebbe sentire che cos'è che bramate voi, ma in un altro momento.» Si lanciò un'occhiata alle spalle. «Se vostro padre è tanto ansioso di darvi in sposa a quest'uomo, un fidanzato non lo fermerà. Riconosco il vostro nome, dolcezza, e vostro padre è uno potente da queste parti.»

Afflosciai le spalle e mi si riempirono gli occhi di lacrime. Non mi avrebbe aiutato. Nessuno si sarebbe messo contro il signor Gregory Millard. Non appena mio padre mi avesse trovata, sarei stata condannata a sposare un uomo terribile. La sola idea del signor Benson nudo sopra di me, che mi toccava, che mi scopava, che mi *faceva del male*, mi strappò una smorfia.

«Che succede?» Il signor Sullivan scese dal treno e ci affiancò. Era il compagno di viaggio del signor Corbin e si era unito a noi per conversare e per pranzare. La sua voce era profonda e liscia, le sue spalle ampie e muscolose. Era un tantino più alto del signor Corbin e molto più intimidatorio.

Fianco a fianco, i loro immensi corpi mi proteggevano dal sole, e sperai anche da mio padre.

Sapevo dal viaggio che arrivavano da Miles City e che sarebbero scesi anche loro a Butte, ma avrebbero poi proseguito a cavallo fino a Bridgewater. Avevano sentito parlare di quella comunità, che si trovava ad un paio di ore in sella dalla città, ma non avevano mai incontrato nessuno di lì prima d'ora. Si erano mostrati degli interlocutori piacevoli e per bene.

Sollevai lo sguardo sul signor Sullivan, tutto capelli scuri e atteggiamento sereno. Posò due borse di cuoio a terra ai propri piedi. Dove il signor Corbin era gioviale e affabile, il signor Sullivan sorrideva raramente. Era difficile leggergli nel pensiero, capire se avesse trovato la mia presenza nel vagone ristorante una seccatura o meno. Si era limitato a fissarmi, sempre più intensamente. Era stato snervante, per usare un eufemismo, come se quell'uomo fosse stato in grado di individuare ogni mio segreto. Nel vagone ristorante, il signor Corbin aveva dato una pacca sulla schiena del suo amico e mi aveva assicurato che si mostrava pensieroso con tutti.

«La signorina Millard non vuole corteggiare l'uomo che si sta avvicinando assieme a suo padre. Mi ha chiesto di aiutarla fingendomi il suo promesso sposo, ma non funzionerebbe.»

Il signor Sullivan osservò la folla e, per quanto non potessi vederli, riconobbi l'istante in cui li individuò. «Benson. Merda, donna, dovreste sposare Reggie Benson?»

Spalancai la bocca sorpresa e nemmeno per via della sua imprecazione. Per quanto nessuno dei due fosse povero e in cerca di lavoro per sopravvivere, non indossavano abiti alla moda come i veri ricchi. Non sembravano i tipi da avere a che fare con il signor Benson, ma era possibile che mi sbagliassi. Chi erano quegli uomini e chi ero io per chiedere il loro aiuto?

Mi schiarii la gola e incrociai gli occhi scuri del signor Sullivan. «Sì, mio padre insiste molto sul voler ampliare il proprio impero minerario. Dal momento che il signor Benson possiede la Beauty Belle, sono certa delle sue intenzioni.»

Il signor Sullivan annuì deciso. «Allora dovremmo semplicemente ucciderlo.»

Prima che potessi anche solo balbettare una risposta di fronte a quella maniera... violenta in cui entrambi volevano risolvere il mio problema, il signor Corbin parlò. «Mi sono già offerto volontario.»

Il signor Sullivan grugnì. «Parker ha ragione, signorina Millard. Un fidanzamento non fermerebbe Benson.»

Tanti cari saluti alla mia idea. Guardai a terra, abbattuta. Non avevo dubbi che entro la fine del mese sarei diventata la signora Benson. Schiarendomi la gola, mi stampai in volto il mio miglior sorriso falso. Ero piuttosto brava a fingere felicità. «Sì, capisco. È stata un'idea sciocca. Vi ringrazio entrambi per avermi aiutata a trascorrere il tempo sul treno, signori, ma devo-»

Il signor Sullivan mi interruppe. «Un fidanzamento non fermerebbe quell'uomo,» ripeté. «Ma un matrimonio sì. Non con Parker. Nero su bianco, legalmente, dovreste sposare me.»

«Chiedo scusa?»

«Se lui è come dite, allora non posso, con tutta coscienza, permettervi di sposarlo.»

Lanciai un'occhiata al signor Corbin e lui annuì, d'accordo.

Doveva essere evidente dalla mia espressione quanto fossi sconvolta. «Sì, ma sposandomi voi al posto suo?»

Il signor Sullivan posò la punta delle proprie dita sulle mie labbra ed io spalancai gli occhi al suo tocco audace.

Lui a quel punto sorrise, un ghigno ampio e malizioso. «Sì, esattamente. Ci tengo ad avvisare che io non sono come Benson. Esigerò cose da voi, ma non vi farò mai del male. Sposatemi ed io vi proteggerò a costo della mia vita.»

Se non avesse premuto le dita contro le mie labbra, avrei spalancato la bocca di fronte a tale veemenza.

2

ARKER

Nel momento in cui la signorina Millard salì sul vagone ferroviario a Billings, seppi che era quella giusta. Mentre il facchino la seguiva portando la sua piccola valigia, lei inciampò lungo il corridoio, mentre il treno prendeva velocità. Allungando le braccia, sfruttò gli schienali dei sedili per tenersi in equilibrio. Io mi alzai subito, attirando lo sguardo di Sully dal libro che teneva in grembo verso la donna che ci saremmo sposati.

Il vestito che indossava era del taglio più elaborato, di una seta verde chiaro con un luccichio intenso che, sotto le mie dita, non sarebbe stata altrettanto morbida quanto la pelle del suo collo lungo. Non dovevo essere una donna per riconoscere il taglio alla moda o la ricercatezza dei materiali. Il suo piccolo cappello, appena inclinato sulla testa carica di riccioli biondi, si abbinava alla perfezione. L'abito era del tutto modesto, dalle maniche lunghe fino al collo alto, ma non nascondeva affatto le sue curve invitanti.

Per una donna così minuta – mi arrivava solamente alla spalla – aveva dei seni pieni e i fianchi larghi. Era florida e quasi rotonda, ma era così che mi piacevano le donne. Quando mi avrebbe cavalcato l'uccello – e *l'avrebbe* fatto – sarei stato in grado di afferrarla saldamente da quei fianchi pieni. Quando le avessi sculacciato il sedere – a giudicare dalla sua natura gentile, sarebbe stato più per piacere che per punizione – mi avrebbe vibrato sotto la mano assumendo un perfetto colorito rosato. I suoi seni mi avrebbero riempito deliziosamente i palmi ed io potevo solamente immaginarmi i suoi occhi che si annebbiavano di passione quando le avessi strattonato i capezzoli duri.

Facendo un passo avanti, presi la valigia dal facchino, poi estrassi una moneta per lui dalla mia tasca. Con un breve cenno del capo, lui girò i tacchi e lasciò il vagone. Posando la sua valigia sotto al sedile, le feci cenno di sedersi di fronte a noi. Per quanto il vagone non fosse pieno e lei avrebbe potuto scegliersi un altro posto, la privai di quell'opzione. Le sue buone maniere le imponevano di accettare il mio invito. Sully si alzò rispettosamente in piedi, chinando la testa dal momento che era altissimo, e le fece cenno di unirsi a noi. Mentre lei prendeva posto, sistemandosi le lunghe gonne, io lanciai un'occhiata a Sully. Un leggero cenno del capo fu tutto ciò di cui ebbi bisogno per sapere che era d'accordo con me.

Nel giro di un solo minuto, le nostre vite cambiarono. Irreparabilmente. Quella bellezza dai capelli chiari sarebbe stata nostra. E così avevamo parlato con lei da Billings fino a Butte. Be', io le avevo parlato. Sully non era un tipo di molte parole e trascorse il tempo ad osservarla attentamente. Notai la leggera curva verso l'alto del suo labbro quando sorrideva, ogni lentiggine che aveva sul naso, la curva delicata delle sue orecchie. Parlammo di tutto, dalla sua visita alla nonna nell'ultimo mese ai libri, alla politica del Territorio del Montana. Era molto preparata, chiaramente ben istruita. Per quanto il mio cazzo la desiderasse per il suo corpo, ero felice che avesse una mente acuta e uno spirito gentile dentro ad un pacchetto tanto delizioso.

Fu facile fantasticare su come sarebbe stato con lei mentre ascoltavo la sua voce morbida, mi immaginavo come sarebbe stata nel gridare il mio nome mentre le davo piacere, come avrebbe implorato Sully di prendersela. Più forte. Più a fondo. Più veloce.

Per fortuna, in lontananza si scorse un sorprendente branco di alci. Mentre li osservavamo, mi sistemai l'uccello, quasi sul punto di esplodere dagli stretti confini dei miei pantaloni. Sully si limitò a sogghignare.

Fu allora, una volta che fummo giunti a Butte ed io la aiutai a scendere dal treno, che fui grato del fatto che si fosse rivolta a me. Sul momento, non avevo saputo perchè fosse andata nel panico, ma l'avevo già considerata mia e avrei risolto qualunque suo problema. Anche Sully. Quando avevo scoperto chi fosse, il fatto che fosse un'ereditiera del rame con un padre insensibile deciso a sfruttarla per un accordo d'affari, i miei istinti protettivi avevano preso il sopravvento. Quando avevo scoperto che avrebbe dovuto sposare quello stronzo, Benson, ero stato felice che Sully ci avesse raggiunti.

Benson era spietato. Un uomo d'affari crudele, per lui i soldi importavano più delle persone. La sua miniera non era sicura: si verificavano crolli con una frequenza pericolosa, sapendo che un uomo morto avrebbe potuto essere rimpiazzato facilmente da altri due disperati. Il rame veniva estratto ad un ritmo che lo rendeva ancora più ricco di chi possedeva la linea ferroviaria. Osservando il padre della signorina Millard, dovetti presumere che lui potesse essere ancora più ricco.

Uomini così avidi sfruttavano la gente come pedine, perfino le figlie innocenti per delle alleanze matrimoniali. La signorina Millard aveva riso e si era sciolta durante la nostra conversazione arguta sul treno, per cui sapevo che sarebbe diventata una donna impaurita e spaventosamente sottomessa se avesse sposato Benson. Non ci sarebbe stato alcun senso dell'umorismo, alcun affetto, alcuna devozione. Ci sarebbero state delle scopate, quello sicuro, ma lei non se le sarebbe godute, non avrebbe provato una sola goccia di desiderio. Benson si era fatto strada tra due mogli e tutte le puttane di Butte. Aveva la pessima fama di essere crudele – talmente pessima che perfino l'innocente signorina Millard ne era al corrente – e solamente la prostituta più insensibile e dalle tendenze più oscure avrebbe potuto apprezzare le sue necessità.

La signorina Millard era una donna passionale, non ne avevo dubbi. Sarebbe stato un piacere risvegliare ogni suo desiderio. scoprire cosa le piacesse, cosa le facesse ansimare il mio nome, urlare quello di Sully, mentre ce la prendevamo. Ma solamente un anello al dito e il suo disperato bisogno della nostra protezione da Benson ce lo garantiva. Per quanto si fosse aspettata un accordo temporaneo, nella sua paura non era riuscita a vedere che qualcosa di *temporaneo* non avrebbe funzionato. Porre fine ad un fidanzamento avrebbe solamente rallentato i piani di suo padre. Un *vero* matrimonio era l'unico modo per impedire l'inevitabile.

E un vero matrimonio avrebbe ottenuto. Sully, in qualità di suo marito, avrebbe potuto offrirle più protezione di me. Era una decisione rapida e astuta, spostare gli aspetti legali della nostra unione a lui. In quanto suo marito, lui l'avrebbe protetta da gente come Benson e suo padre già solo col proprio nome. Con il suo background, la sua notorietà, nessuno avrebbe osato mettersi in mezzo.

Quando l'avevamo avvertita che lui non era come

Benson, che avrebbe preteso cose da lei, col tempo avrebbe scoperto quali sarebbero state quelle pretese. Includevano il sottomettersi al controllo di due uomini dominanti in camera da letto e in un bel po' di altri posti al di fuori di essa. Sì, Benson sarebbe stato uno sposo autoritario, ma non sarebbe stato affettuoso. Da quel momento in avanti, la signorina Millard sarebbe stata il centro del nostro mondo e si trovava esattamente dove sarebbe dovuta essere – in mezzo a noi due.

Quando Sully sollevò il dito dalle sue labbra, si sporse in avanti e disse, «Sorridi, amore. Non sei più da sola.»

Aveva ragione. Non sarebbe mai più stata da sola. Non avrebbe più dovuto affrontare suo padre da sola, non avrebbe più dovuto avere a che fare con gente come Benson. Non potevano toccarla. Non fisicamente nè emotivamente.

Essere sposata con due mariti non era la norma per la società, specialmente a Butte. Al Ranch di Bridgewater, non era quello il caso. Tutti erano sposati a quel modo: due – o più – uomini per ogni sposa.

«Non conosco nemmeno il vostro nome di battesimo,» mormorò lei, rivolgendo a Sully una breve occhiata nervosa, prima di voltarsi verso gli uomini in avvicinamento. La guardai torturarsi l'abito con le mani, mordersi un labbro e spalancare gli occhi con ansia.

«Il mio nome è Sully.» Le accarezzò un braccio. «Non preoccuparti, dolcezza. Ci prenderemo cura di te. Sempre.»

Traendo un respiro profondo – che le fece gonfiare i seni sotto l'abito – lei tirò indietro le spalle e sollevò il mento sbarazzino come se fosse stata un membro della famiglia reale. Riuscivo a sentire quanto fosse nervosa e spaventata, ma lo nascose bene. Dovevo solamente domandarmi *perchè* avesse dovuto perfezionare quell'abilità.

Suo padre e Benson si avvicinarono, le loro scarpe lucide che facevano molto rumore sulle piastrelle. Intuii il momento in cui scorsero per la prima volta la signorina Millard – merda, noi non conoscevamo il *suo* nome di battesimo – ma fui ancora più consapevole di quando notarono la presa possessiva di Sully su di lei.

Per quanto suo padre fosse basso e tozzo, il suo abito fatto su misura gli calzava a pennello. I suoi capelli grigi stavano recedendo e la pelle lucida del suo scalpo era rossa e macchiata dal sole. Aveva un gran doppio mento che gli ballava sul collo. A parte il suo gran peso, non era il tipo d'uomo da negarsi mai qualcosa. Ciò significava che non sarebbe stato felice una volta che avesse scoperto che il signor Benson non avrebbe sposato sua figlia.

Benson era l'opposto di Millard. Alto e snello, aveva l'aspetto arido di un uomo che non aveva bisogno di muovere un dito. La sua parola, il suo comando, ottenevano risultati immediati. Anche lui era vestito in maniera impeccabile, con un abito elegante nero come i suoi capelli e i suoi baffi; sembrava in lutto.

«Mary,» disse il signor Millard a sua figlia.

Mary. Il tono con cui permeò quella singola parola la diceva lunga. Non era affatto contento di vedere sua figlia dopo un mese di separazione. Non la attirò a sé per un abbraccio; non le mise una mano sulla spalla per darle una semplice stretta. Non sorrise nemmeno. Mary, però, fece un piccolo passo verso di me.

«Buongiorno, padre, signor Benson.» Piegò la testa in cenno di saluto. «È stato molto premuroso da parte vostra venirmi a prendere alla stazione, ma non era necessario.»

«Confido nel fatto che la tua visita alla nonna sia stata piacevole.»

A giudicare da ciò che Mary – mi piaceva molto di più che chiamarla signorina Millard – aveva detto di quella visita, la donna era decisamente la madre di quell'uomo. Sembrava una vecchia bisbetica.

«Sì, molto.»

Poteva anche mentire a suo padre, ma una volta che fossimo stati sposati, l'avrei sculacciata se ci avesse mai nascosto i suoi veri sentimenti.

Millard lanciò un'occhiata a Sully, poi lo ignorò subito. Io cercai di nascondere un sorriso, dal momento che non aveva idea di chi fosse Sully e di chi avesse quindi appena sdegnato.

«Allora dovremmo andare. Il signor Benson non vede l'ora di unirsi a noi per cena e ti accompagnerà a casa una volta finito.»

Il signor Benson guardava Mary con sguardo assente, quasi clinico, non come un fidanzato impaziente del suo ritorno dopo un mese di separazione.

Mary scosse la testa, ma Sully parlò per lei. «Ciò non avverrà, signor Millard.»

Entrambi gli uomini si degnarono di concedergli un briciolo di attenzione, dopotutto. «E voi chi sareste per decidere delle azioni di Mary? Per mettere in dubbio la mia autorità nei suoi confronti?»

Lui offrì una piccola scrollata di spalle ed io riuscii a vedere che stava nascondendo la propria rabbia nei confronti di quell'uomo altezzoso. «Sono suo marito, per cui credo che sia la mia autorità quella che ha potere su di lei, ora.»

Mary si irrigidì a quell'affermazione, ma sapevo che era così che il signor Millard pensava a sua figlia, come a una leccapiedi che doveva obbedire agli ordini senza esitazione.

La pelle di Millard si colorò di rosso ed io mi preoccupai che avrebbe avuto un colpo apoplettico sulla piattaforma della stazione. Benson non si mostrò altrettanto... introverso con le proprie emozioni.

Se Sully avesse fatto il proprio nome, gli avrebbero mostrato una reazione del tutto diversa. Non l'aveva fatto e ne era una prova ciò che pensavano loro di quella situazione.

«Non so chi pensiate di essere, ma Mary Millard è la mia

promessa sposa.» La voce di Benson si estese sulla piattaforma affollata e i passanti si voltarono a guardarlo.

«Era, Benson. *Era* la vostra promessa sposa. Ora e *sposata* con me. Se volete scusarci, prego.»

Sully fece un passo verso l'ingresso della stazione, tenendo Mary vicina a sé, ma l'uomo sollevò una mano. Non mi ero aspettato che la cosa finisse tanto facilmente.

«Voglio una prova,» disse Benson.

Guardai Mary, vidi il timore nei suoi occhi. Era preoccupata che Sully avrebbe cambiato idea e l'avrebbe lasciata a quei due? Non c'era una sola possibilità che accadesse. Per arrivare a lei, Benson avrebbe dovuto uccidere prima me, poi Sully, perchè non avrebbe mai permesso nemmeno lui che le accadesse qualcosa.

Baciando Mary sulla tempia, Sully mormorò, «Diglielo, dolcezza.»

Dal punto in cui mi trovavo in piedi alle loro spalle, il suo profumo mi riempiva le narici, floreale e carico di luce. Potevo solamente immaginare quanto fossero morbidi e setosi i suoi capelli contro le labbra di Sully. Non vedevo l'ora di sbarazzarmi di quegli uomini e trovarmi da solo con lei e Sully, le mie dita che fremevano dalla voglia di tenerla a mia volta.

«Io... sono sposata. Lui è mio marito.» Sollevò leggermente il mento.

Benson lanciò una breve occhiata a Mary, poi la ignorò. «Non è la prova che cerco.»

«Cos'è che volete, il sangue sulle lezuola?» Vi prometto che è decisamente mia,» asserì con audacia Sully.

In un sorprendente atto di coraggio dopo la discussione circa la prova insanguinata della sua verginità, Mary parlò. «Mi ha scopata. È questo che volevate sapere? La prima volta, mi ha permesso di stare sopra. La seconda, non è riuscito a trattenersi e mi ha presa da dietro.»

Sia Benson che suo padre rimasero sconvolti quanto me dalle sue parole, dal momento che si limitarono a fissarla sbattendo le palpebre. Dove diavolo aveva imparato a parlare così?

«Volgare,» borbottò Benson, come se adesso fosse stata ripugnante.

Io pensavo che ora fosse ancora più intrigante che mai. Sapeva di come si scopava, ma il suo atteggiamento indicava solamente innocenza. Che cos'era, una donnaccia o una vergine? Volevo sbarazzarmi di quei bastardi così che io e Sully avremmo potuto scoprirlo.

«Io voglio il certificato di matrimonio,» ordinò Benson.

Sully fece spallucce con noncuranza. Aveva il potere – senza nemmeno usare il suo famigerato nome – e voleva rendere chiaro il fatto che loro non gli facevano alcuna paura. Non facevano paura nemmeno a me, proprio per nulla, ma non volevo che spaventassero più Mary. Se mentire per lei sarebbe servito, non sminuiva affatto la natura da gentiluomo di Sully.

«Non ve n'è alcuno,» disse Sully a quel bastardo. «Potete controllare i registri della chiesa a Billings. Prima presbiteriana all'angolo tra la Principale e la Quarta.» Molto probabilmente solo per irritare ulteriormente quell'uomo, Sully aggiunse, «Il mio cazzo ha bisogno di trovare sollievo. Mi state impedendo di scoparmi la mia sposa.»

Sully le fece passare una mano attorno alla vita, posandola più in basso di quanto sarebbe stato appropriato con il mignolo che le sfiorava la deliziosa curva del sedere. Quel gesto non passò inosservato.

Il capotreno soffiò nel fischietto e il treno prese a sibilare e a sbuffare, il rumore dei vagoni che venivano strattonati e che si tiravano a vicenda mettendosi in moto troppo forte per poterci parlare sopra. Per quanto nè Benson nè Millard avessero i muscoli – o delle pistole – avevano dei soldi e avrebbero potuto assumere entrambe le cose. La vita di Sully era in gioco, ormai. Lui lo sapeva. Riuscivo a vederlo nei loro sguardi severi. Non avevano bisogno di dire nulla, di insinuare nulla. Prima che il treno se ne fosse andato del tutto, si voltarono e si allontanarono. Per quanto avrei desiderato non vederli mai più, sapevo che così non sarebbe stato.

Sully spostò Mary così da poterla guardare. «Stai bene?»

Lei piegò indietro la testa e ci guardò entrambi, annuendo. Trasse un respiro profondo, poi un altro. «Apprezzo il vostro aiuto, ma temo di avervi forse messo in pericolo.»

Risi. «Ci possono provare, dolcezza. Ci possono provare. Non penso che dovremmo restare in città, però.»

«Mmm, sì,» commentò Mary. «Sono certa che saremmo banditi da tutti gli hotel, i ristoranti e perfino le pensioni nel giro di un'ora. L'influenza di mio padre è molto grande.»

Non sembrava più intimorita, nè arrabbiata. Scoraggiata, forse.

Lanciai un'occhiata a Sully. «Andremo a Bridgewater dove saremo al sicuro. Immagino che tu non abbia più ragione di restare a Butte.»

Lei sollevò lo sguardo su Sully, poi si acciglò. «Voi... avete fatto il vostro lavoro. Entrambi gli uomini mi hanno lasciata in pace e adesso che credono che siamo... intimi, il signor Benson non mi desidererà più.»

Sully a quel punto rise. «Io ti desidero ancora, vergine o meno. Non è la tua figa che cerca Benson, bensì la tua eredità. Per me, è decisamente il contrario.»

Lei spalancò la bocca di fronte alle sue parole volgari. Era decisamente vergine. Ci avrei scommesso cinquanta dollari.

«Non esiste che ti lasciamo qui a Butte a difenderti da sola,» aggiunse Sully. «Ti ritroveresti sposata con Benson alle prime luci dell'alba se riuscisse a metterti le mani addosso, e ciò accadrà solamente se saremo morti. Ho detto che ti avrei aiutata, che sarei diventato tuo marito e ho intenzione di portare a termine la cosa.»

«Esatto, dolcezza,» aggiunsi, facendole scorrere delicatamente una mano sul braccio, spostandomi così che si trovasse in piedi tra noi due, proprio dove doveva stare. «Ti tocca stare con noi.»

«A Bridgewater, saremo preparati se tuo padre o Benson manderanno degli uomini,» aggiunse Sully.

«Oddio, vi ucciderà pur di arrivare a me.» Impallidì.

La presi per le spalle e mi chinai così da guardarla dritta negli occhi. «Ci proverà, ma non ci riuscirà. Dubiti del fatto che io e Sully sappiamo prenderci cura di noi stessi, che possiamo prenderci cura di te?»

Lei lanciò un'occhiata da sopra la propria spalla a Sully, poi guardò me, «No.»

A quel punto sorrisi. «Brava ragazza.»

«Il sole sta calando e non abbiamo provviste,» commentò Sully.

«Che dubito riusciremo a trovare. Nemmeno dei cavalli,» aggiunsi. Se Benson e Millard avessero ottenuto ciò che volevano, saremmo stati banditi da qualsiasi negozio, stallaggio o anche solo un bordello entro l'indomani mattina. Avevano anche loro un certo potere.

«Ci serve un posto dove stare stasera. Un posto sicuro. Un posto dove non verrebbero mai a cercarti,» aggiunsi, guardando Sully in cerca di idee.

Mary girò i tacchi e cominciò a camminare. La piattaforma era praticamente vuota ora che i treni se n'erano andati e noi la raggiungemmo velocemente con le nostre gambe lunghe.

«Conosco il posto giusto,» disse lei. «Gentiluomini, cosa pensate delle prostituite?»

3

ULLY

«Dolcezza, ci devi delle spiegazioni,» mi chinai e sussurrai all'orecchio di Mary.

Ci aveva condotti dall'altra parte della città fino alla porta sul retro del bordello Briar Rose. Non c'era stato abbastanza tempo affinchè Millard o Benson avessero potuto mandare degli sgherri a importunarci, per cui la nostra camminata era stata tranquilla. Io odiavo Butte. Odiavo qualunque città, per quel che valeva. C'era troppa gente, troppi modi per cacciarsi nei guai. Facevo di tutto per evitare i problemi, ma quel giorno, ci erano precipitati addosso nella forma di una ammaliatrice dai capelli biondi. Oh, era decisamente innocente, ma mi tentava – così come tentava Parker – in ogni caso. Non c'era stato dubbio sul fatto che fosse la donna giusta per noi, problemi e tutto il resto.

Per cui, invece di evitare il conflitto o qualunque possibilità di aggiungere guai alla mia vita, avevo accettato

Mary come mia. Ciò che affliggeva lei, affliggeva me. Ciò che intendeva farle del male, io lo debellavo. Non poteva essere altro che mia moglie. Con la mia cazzo di storia, era la scelta più sicura per lei. Nessuno l'avrebbe importunata già solo per il fatto che fosse sposata con me. Ma Mary sembrava portarci da una sorpresa all'altra. Quale vergine nubile conosceva la porta della cucina di un bordello? Quale innocente veniva accolta all'interno con una familiarità che dimostrava che vi avesse fatto visita in passato?

«Un bordello?» domandò Parker.

Per quanto né io né Parker ci fossimo mai trovati in quell'edificio in particolare in passato, assomigliava a tutti gli altri. Una volta entravamo dalla porta principale. Quella sera, ci trovammo ad accedere dal vicolo sul retro nella cucina affollata. La cuoca stava mescolando qualcosa che puzzava tremendamente di cavolo bollito sul fuoco. Due prostitute erano sedute ad un ampio tavolo con indosso solamente i loro corsetti e le sottogonne a mangiare. Un'altra ragazza entrò nella stanza, vide Mary e scappò via.

Mary salutò una delle prostitute e rifiutò una ciotola di cavolo dalla cuoca. Come cazzo era finita invischiata Mary in un bordello? A giudicare dal modo in cui si era comportata sul treno e il suo totale disgusto e la palese paura che provava nei confronti di Benson, avrei scommesso qualunque cosa che fosse stata vergine. Ma quale vergine aveva famigliarità con chi stava in un bordello?

Una donna con indosso solamente un corsetto stretto e dei mutandoni entrò dalle porte girevoli. Della musica da pianoforte la seguì, ma venne attutita quando la porta si chiuse. Era di media statura con i seni pieni che quasi straboldavano dal corsetto. Aveva le gambe lunghe e affusolate, la pelle cremosa e pallida. Erano i suoi capelli rossi fiammeggianti che la distinguevano dalle altre donne.

Chiaramente una prostituta, molto probabilmente aveva molto successo nell'attirare l'attenzione.

«Mary!» esclamò, correndo da lei e attirando la nostra sposa – saremmo stati sposati prima della fine di quella notte – in un abbraccio impetuoso.

Sorrisero e fu chiaro che si conoscessero. Essendo una bionda e l'altra rossa, non c'era alcuna somiglianza di famiglia. Non erano imparentate. Come avevano fatto quelle due donne, provenienti da contesti del tutto diversi, a diventare amiche?

«Io... ho bisogno del tuo aiuto,» ammise Mary.

La donna lanciò un'occhiata a me e Parker. Eravamo grandi e imponenti e la cucina sembrava piccola con noi all'interno. Agitò le sopracciglia. «Direi proprio.»

Quando la sua amica smise di ridacchiare, Mary ci presentò. «Loro sono il signor Corbin e il signor Sullivan. Signori, posso presentarvi la mia amica, Chloe?»

Noi ci togliemmo i cappelli e le rivolgemmo un cenno del capo. Tra me e Parker, io ero quello più silenzioso e molto più paziente, e perfino lui non stava mettendo pressione a Mary affinché ci desse delle risposte. Ce n'erano troppe, ma le avremmo ottenute. Se così non fosse stato, ce le saremmo prese con una bella sculacciata. Dubitavo che chiunque in quell'edificio si sarebbe offeso se mi fossi seduto e me la fossi piegata sulle ginocchia, sollevandole le gonne e facendo arrossire quel suo culo perfetto.

«Ci serve un posto dove passare la notte,» disse Mary alla sua amica.

Chloe la squadrò con attenzione. «Dovrò dirlo alla signorina Rose.»

Lei girò i tacchi e se ne andò prima che Mary potesse dire altro che, «Ma-»

Mentre attendevamo, io la trascinai fino alla scala sul retro dove c'era un briciolo di privacy. Con le scale alle sue spalle e noi due che incombevamo su di lei, Mary non aveva altra scelta che concentrarsi su di noi.

«Spiegati,» le dissi.

Una sola parola, ma il tono era chiaro. Mary ci *avrebbe* risposto.

Lei si leccò le labbra e ci guardò entrambi attraverso le ciglia. «Faccio parte delle ausiliatrici e, più di un anno fa, ho avuto il compito di portare degli oggetti di beneficenza – abiti, muffole e robe del genere – al Briar Rose. Ho conosciuto Chloe e siamo diventate amiche.»

Spalancai gli occhi mentre parlava. «Nessuna delle ausiliatrici sapeva che sei tornata altre volte?» le chiesi.

«O tuo padre?» aggiunse Parker.

Lei scosse la testa. «Mio padre di solito non mi presta affatto molta attenzione. Il fatto che sia venuto alla stazione è un avvenimento raro. Ecco perché sapevo quanto fossero serie le sue intenzioni. Sapevo che voleva che mi sposassi, avevo una vaga idea che potesse trattarsi del signor Benson, ma non ne sono stata sicura fino a quando non siamo arrivati. Ecco perchè ero andata a far visita a mia nonna.» Rabbrividì. «La madre di mio padre. Probabilmente potete immaginare quanto sia stato piacevole quel mese.» Sospirò. «Ma è stato meglio di qualunque cosa mio padre stesse pianificando. Si è trattato di una tattica di rallentamento, ma sono solamente una donna e non ho davvero una scelta.»

La sua confessione la diceva lunga sulla situazione: la libertà di una donna era limitata, a prescindere da quanti soldi avesse. Per quanto non dovesse lavorare, era intrappolata a fare ciò che diceva suo padre o, una volta sposata, suo marito.

«Non sei *solamente* una donna,» le dissi. «Ci troviamo in un fottuto bordello. Ho la sensazione che ci siano diversi buchi da sondare, dentro di te, per portare alla luce tutto quanto.»

Come la sua bocca, la sua figa e, presto, un giorno, il suo culo, ma Mary non colse il doppio senso delle mie parole.

Una donna si schiarì la gola. Io e Parker indietreggiammo e ci voltammo verso quella che decisamente era la Madama e, immaginai, la signorina Rose. Indossava un abito che faceva concorrenza a quello di Mary in quanto a gusto e qualità. Era sulla trentina, con delle leggere rughe sul volto bellissimo. A giudicare da come ci stesse squadrando con accortezza, dovetti presumere che non le sfuggisse mai molto.

«Mary Millard, quando Chloe mi ha detto che fossi qui con due uomini e avessi bisogno di una stanza al piano di sopra, sono quasi svenuta sul posto.»

Mary fece un passo in avanti, con aria contrita. Non sapevo se Mary avesse una madre o meno, ma dal modo in cui la stava rimproverando, non avevo dubbi che quella donna avrebbe potuto esserne una valida sostituta.

«Sei una brava ragazza. Per quanto ti conceda una sbirciatina dagli spioncini per soddisfare la tua curiosità, qui stiamo oltrepassando il limite e di certo non è da te.»

Mary sollevò il mento e riuscii a vedere come fosse arrossita.

«Io- Non avevamo altro posto dove andare.»

La signorina Rose schioccò le dita e le ragazze al tavolo si alzarono e se ne andarono. La cuoca uscì dalla porta sul retro così noi cinque restammo soli. Per quanto Chloe se ne stesse in piedi in silenzio, stava ascoltando con avidità.

«Vorresti nascondere una tresca con due uomini venendo qui?»

Mary spalancò la bocca. «Cosa? No!»

La signorina Rose strinse le labbra. «Spiegati.»

Incurvai un angolo della bocca verso l'alto dal momento che aveva usato la stessa identica parola che avevo pronunciato io solo pochi minuti prima. Eravamo molto simili, non il tipo da fare tanti giri di parole quando una

La sposa rubata

sarebbe stata sufficiente. Prometteva bene per il nostro matrimonio se Mary rispondeva bene ai miei comandi brevi e rapidi, dal momento che avrebbe imparato che eravamo io e Parker al comando. Non solo in camera da letto – o in qualunque altro posto ce la fossimo scopata – ma anche per quanto riguardava la sua sicurezza e il suo benessere. Come in quel momento, in cui la signorina Rose si stava assicurando del suo benessere. Una brava ragazza come Mary non si portava due uomini in un bordello così da poter trascorrere un'oretta a rotolarsi tra le lenzuola.

Mary le fece un breve riassunto della sua brutta situazione, con la signorina Rose che la ascoltava atentamente.

«È stata una decisione furba, dal momento che il signor Benson è stato bandito e sa di non poter entrare qui dentro. Per quanto riguarda tuo padre, a lui piace che siano le donne ad andare da lui,» replicò la signorina Rose, ed io vidi Mary agitarsi di fronte a quella sgradevole osservazione su suo padre. «Siete i benvenuti qui.»

Mary sorrise e si voltò verso le scale.

«Aspetta,» disse la signorina Rose, sollevando una mano. Mary si voltò, attendendo con ansia.

«Signori, quali sono le vostre intenzioni nei confronti di questa donna? Immagino che non siate degli stolti, dunque sapete che non è una prostituta.»

«No, signora, non lo è,» le dissi io. «Abbiamo intenzione di sposarla.»

Chloe e la signorina Rose dissero nello stesso momento, «Entrambi?»

La signorina Rose non era minimamente stupida, mentre Chloe sembrava non avesse mai sentito parlare prima di un ménage. Nella sua professione, ero certo che non ci fosse molto che non avesse visto.

«Entrambi?» ripeté Mary.

«Sì, entrambi. Te l'abbiamo già detto alla stazione,» aggiunsi io.

Mary si accigliò. «Mi avete detto che voi sareste stato il mio marito temporaneo, tutto qui.»

Scossi lentamente la testa. «Ti abbiamo detto che ci saremmo presi cura di te, che ti avremmo protetta. Ciò significa matrimonio. Come ha detto la signorina Rose, sei una brava ragazza e rimarrai tale fino a quando non saremo sposati. Poi ti mostreremo come essere una cattiva ragazza.» Non potei non sogghignare di fronte a tutte le cose selvagge che le avremmo mostrato. E lei le avrebbe adorate tutte.

Mary spalancò la bocca sconvolta.

«Questi uomini?» chiese Chloe. Diede una pacca a Mary sulla spalla. «Non preoccuparti, dolcezza. Sono bellissimi. Questi due ti faranno stare benissimo. Fidati di me, ti piacerà prenderli entrambi insieme.»

A quel punto ridacchiò e Mary arrossì ancora di più.

«Dovete venire da Bridgewater,» dedusse la signorina Rose, lanciando un'occhiata a noi due.

Io annuii. Per quanto non rendessimo di dominio pubblico le nostre usanze, non mi sorprendeva che la signorina Rose le conoscesse. Custodiva dei segreti probabilmente meglio perfino dei preti della Chiesa Cattolica e non temevo il fatto che sarebbe cambiata ora. Di certo teneva nascoste cose molto più... piccanti che non una donna sposata con due uomini fedeli e amorevoli.

«Allora approvo,» aggiunse con un cenno risoluto del capo.

Mary disse finalmente la sua. «Signorina Rose, non potete voler dire che pensate che sposare *due* uomini sia una buona idea!»

«Lo penso,» replicò lei. «Sono tempi difficili e Butte è una brutta città. È difficile essere una donna da queste parti. Perfino con i tuoi soldi, non sei mai stata felice. Per quale altro motivo saresti venuta qui? Questi uomini ti desiderano. Entrambi. Alcune donne sognano di essere protette da un uomo, ma tu hai la fortuna di averne trovati due.»

Mary si avvicinò alla signorina Rose per sussurrare, «Ma... *due*. Non ho mai visto... Non so che cosa fare con due.»

La donna più anziana a quel punto sorrise. «Non preoccuparti. Non ho dubbi sul fatto che lo sappiano loro.»

4

*S*ULLY

Sì, lo sapevamo eccome.

«Ma-»

La signorina Rose sollevò una mano. «Se vuoi trascorrere la notte qui con questi uomini, *prima* ti sposerai.»

Il suo ultimatum mi piacque immensamente. Ci avrebbe permesso di metterle l'anello al dito così da poterla veramente proteggere da Benson e da suo padre. Non avremmo potuto fare nulla fino a quando non ci fosse appartenuta legalmente e non avevo intenzione di macchiare la sua virtù aspettandomi nulla di diverso.

«Ma... tutte le ragazze. Nessuna di loro sposa gli uomini che si porta al piano di sopra!» La voce di Mary si alzò mentre si irritava. «Perché io?»

«Sei una puttana?» le chiese bruscamente la signorina Rose.

Mary distolse lo sguardo. «No,» sussurrò.

«Allora ti sposerai. Non ti permetterò di accettare nulla di meno. Se tua madre fosse viva, sarebbe d'accordo con me.»

L'idea di Mary da sola con suo padre, dei suoi spietati piani che la riguardavano, mi rese ancora più impaziente di farla finita con quel matrimonio.

Mary ci guardò entrambi. «Io... vi ho appena conosciuti oggi,» ammise. «Come potete essere così sicuri di questa cosa?»

Mi spostai per mettermi dritto di fronte a lei. Se avesse tratto un respiro profondo, i suoi seni mi avrebbero toccato il petto. Le feci scorrere le nocche lungo una guancia morbida. Lei chiuse gli occhi e piegò la testa in quella carezza.

Ci desiderava; era solo troppo innocente per capire cosa stesse provando. Era travolgente e stava accadendo in fretta, ma era *giusto*.

«Conosci Benson da un po' di tempo. Non è da quanto tu abbia familiarità con una persona a garantirne un buon legame.»

Chloe le diede una pacca sul braccio. «È vero, tesoro. A volte c'è semplicemente una connessione. Quando la trovi, tieni stretto quell'uomo – o uomini – e non lasciarli mai andare.»

Mary non sembrò più di tanto convinta, ma mi sorprese quando sollevò il mento e guardò Parker, poi me.

«Non sposerò un uomo... o più uomini che mi tradiscano. Far visita qui a Chloe negli ultimi anni mi ha aperto gli occhi sul numero di uomini sposati – uomini che ho perfino conosciuto in chiesa – che sono dei donnaioli. Non posso tollerarlo.» Incrociò le braccia al petto e fissò la signorina Rose. «Non potete costringermi a sposarli se fosse questo il caso.»

Era determinata e irremovibile circa la propria opinione e per quanto avrei dovuto sentirmi offeso dalle sue presunzioni negative sul nostro conto, la rispettavo per quello. La signorina Rose non poteva discutere; era chiaro che desiderasse solamente il meglio per Mary e non si trattava di un marito traditore.

«Mary.» Parker si portò una mano al petto, dritta sul cuore. «Tu sei nostra. Per quanto sarai legalmente sposata con Sully, sarai anche mia moglie. Io non desidererò nessun'altra. Ti giuro che ti sarò fedele.»

«Anch'io,» aggiunsi.

Mary piegò la testa verso di me. La sua mente stava lavorando, mettendo in discussione tutto e riflettendo.

La signorina Rose guardò noi, poi Mary, in attesa.

Lo sguardo di Mary non recava tracce di confusione, né di timore, ma solo determinazione, mentre rifletteva sul nostro giuramento. Quelle parole erano più importanti della cerimonia di matrimonio che sarebbe avvenuta a breve.

«D'accordo.» Annuì, come se avesse avuto bisogno di accompagnare le proprie parole con quel gesto. Per me, quella dichiarazione era abbastanza. «Non possiamo andare in chiesa. Mio padre lo verrebbe a sapere.»

La signorina Rose agitò una mano. «Tuo padre può anche essere un uomo potente in città, ma io ho degli agganci.» Indicò con il mento la porta che dava sul salotto principale. «Di là c'è il Giudice Rathbone. Non ho dubbi sul fatto che sarà felice di presidiare alle vostre nozze.»

Visto il modo in cui la signorina Rose formulò l'ultima frase, ne dedussi che avrebbe *convinto* il giudice a partecipare.

Chloe corse fuori dalla cucina, molto più emozionata da quel matrimonio della sposa stessa.

Non ci volle molto prima che il giudice facesse il suo ingresso, trascinato contro il proprio volere da Chloe. Per essere una donna tanto minuta, era piuttosto forte. Il giudice era sulla cinquantina con i capelli piuttosto grigi, in sovrappeso e con delle corte gambe tozze. Non aveva più la giacca e la cravatta era in disordine, come se fosse stato impegnato prima di venire trascinato via. Ci osservò tutti e tre e spalancò gli occhi nel vedere Mary.

«Signorina Millard,» disse, sorpreso.

«Sono certa che questa cerimonia sarà un qualcosa che dimenticheremo presto tutti, non è vero, Giudice?» domandò la signorina Rose, la sua voce dolce come il miele. «Vostra moglie non fa parte delle Ausiliatrici assieme alla signorina Millard?»

Il doppio mento del giudice ondeggiò, mentre lui annuiva.

«Allora sono certa che la signorina Millard e questi uomini manterranno segreta non solo la vostra presenza qui al Briar Rose, ma anche le cose che avete fatto questa sera con Elise?»

Il giudice sgranò leggermente gli occhi. Deglutì, riflettendo sulle conseguenze. Tirando indietro le spalle e assumendo un portamento più da giudice, disse, «Chi è lo sposo?»

Mi feci avanti e presi posto accanto a Mary. «Sono io.»

Solamente quella mattina non avevo avuto idea che mi sarei sposato. Eppure eccomi lì, con Parker al mio fianco. Stavamo dedicando le nostre vite a quella donna e non si poteva tornare indietro. Lanciai un'occhiata a Mary: sembrava calma e... bellissima. I suoi capelli biondi erano ancora perfettamente in ordine, il suo abito senza una grinza e il suo cappello ancora alla giusta angolazione. Sembrava che le ultime due ore non avessero avuto alcun effetto su di lei, del tutto risoluta. Anch'io lo ero. «Bene,» disse il giudice, lanciando un'occhiata a Parker. «Avete portato un testimone.»

Non avevo intenzione di chiarire il fatto che fosse molto più che un testimone, dal momento che non volevo rivelare tutti i nostri segreti. Ero certo che quell'uomo non sarebbe andato a spifferare in giro delle nozze segrete dell'ereditiera Millard, dal momento che qualunque cosa avesse fatto con Elise doveva essere stata abbastanza licenziosa da assicurarlo. Tuttavia, ciò non significava che volessi dargli alcun potere su di noi.

Il giudice guardò me. «Mentre conosco già la signorina Millard, vi prego di svelarmi il vostro nome.»

«Adam Sullivan.»

L'uomo sgranò gli occhi e deglutì visibilmente. «Adam... Sullivan?» Il giudice praticamente squittì quell'ultima parola e fece un piccolo passo indietro. Mary sollevò lo sguardo su di me, aggrottando leggermente la fronte. Era chiaro che non conoscesse me o ciò che avevo fatto. «La figlia di Gregory Millard sta per sposare il Cecchino Sullivan?»

Feci un passo in direzione del giudice e lui si ritrasse. Sì, mi conosceva bene. «C'è qualche problema, Giudice?»

Lui scosse la testa con tanta forza che gli tremarono le labbra.

La signorina Rose inarcò un sopraccciglio, poi rise. «Questo è... fantastico.»

Mary si acciglò. «Cosa? Non capisco. Vi conoscete tutti?»

«Il tuo promesso sposo è piuttosto famoso da queste parti. Un fuorilegge, dicono alcuni,» la signorina Rose informò Mary. Il suo sguardo avveduto si spostò su di me. «Quanti dei vostri stessi uomini avete ucciso?»

Non sembrava inorridita dal mio passato pericoloso, bensì piuttosto divertita.

«Quattro,» risposi io, indietreggiando e afferrando subito Mary per un gomito.

Lei cercò di ritrarsi, ma io non avevo intenzione di permetterglielo. Senza conoscere i dettagli, le mie azioni sembravano sconvolgenti e potevo solamente immaginare cosa stesse pensando.

La sposa rubata

Avevo fatto parte della Cavalleria statunitense e alcuni dei nostri uomini si erano mostrati sleali, assumendo il controllo delle relazioni con gli indiani. Quando ero incappato negli uomini che stavano violentando e uccidendo in un accampamento indiano, avevo difeso gli innocenti. Avevo sparato a quei quattro uomini prima che potessero causare altro dolore. Non erano soldati, erano dei bastardi che prendevano di mira i più deboli. Erano dei pazzi ed io li avrei uccisi ancora se necessario.

Prima dell'inchiesta, ero passato io come il nemico, invece degli uomini che avevano compiuto atti tanto orribili. Ultimamente ero stato ripulito, ma rimosso dal mio incarico. Mi consideravano un pericolo. Da allora, la storia di ciò che avevo fatto si era diffusa ed era stata storpiata, dipingendomi come una bestia aggressiva che uccideva tutto e tutti quelli che mi facevano arrabbiare.

Ecco perchè il giudice mi temeva, dal momento che credeva a quelle storie. In questo caso, ero felice che quell'uomo avesse tanta paura di me, dal momento che aveva molto più lui da perdere – o quantomeno così credeva – piuttosto che semplicemente far scoprire alla moglie la propria infedeltà.

A me non importava delle storie o della leggenda che ero diventato. Volevo una vita tranquilla, semplice. E l'avrei avuta, se solo fossimo riusciti a convincere il giudice a procedere. Tuttavia, bisognava placare i timori di Mary. Non volevo che avesse paura di me.

Abbassai lo sguardo sulla mia sposa intimorita, cercando di ammorbidire il tono di voce. «Ci sono molte cose che devo raccontarti e adesso non è il momento per farlo con tutto questo pubblico. Ma quei quattro uomini, stavano ferendo e uccidendo delle persone innocenti. Io li ho fermati. Per quanto riguarda te, non devi mai avere paura di me. *Mai*. Non è così, signorina Rose?»

Tenni lo sguardo fisso su Mary, non volendo che pensasse che le stessi nascondendo nulla. Trattenni il respiro, poichè sapevo come il mio passato continuava a tornare a galla dimostrandosi una seccatura. Che Mary mi venisse strappata via per quello, però, era tutta un'altra cosa.

La signorina Rose annuì. «Esatto, bambola. Se Sullivan sarà tuo marito, non dovrai mai più preoccuparti di tuo padre. Di nessuno. Sei al sicuro con lui. Giusto, Giudice?»

Mary non si sarebbe più dovuta preoccupare di suo padre perchè quell'uomo avrebbe avuto troppa paura di me per farle del male. Se chiunque avesse osato ferirla, era nostro compito, nostro privilegio, renderla felice.

Il giudice chiuse la bocca, che era rimasta spalancata, e annuì. «Esatto. Il signor Sullivan sa come proteggervi.»

Mary si morse un labbro, indecisa. Il suo volto era così espressivo. Per quanto non riuscissi a scorgere timore nei suoi occhi chiari, era confusa e nervosa. Avremmo potuto risolvere entrambe le cose molto presto. Doveva solamente accettare la mia parola. Accettare me, per quello che ero. Ero un uomo paziente, ma era difficile attendere la sua decisione. Solamente una volta completata la cerimonia e quando fossimo riusciti a restare soli con lei avrebbe scoperto quanto fossimo devoti.

Traendo un respiro profondo, Mary annuì. «D'accordo.»

Cazzo, che sollievo. Venire respinto dalla donna che avevo promesso di proteggere sarebbe stato devastante. Credeva in me, abbastanza da sposarmi. Non potei trattenere un ghigno. La lasciai andare e le accarezzai di nuovo la guancia con le nocche.

«Brava ragazza,» mormorai e lei sorrise, arrossendo per il complimento.

Il giudice iniziò la cerimonia, pronunciando rapidamente le parole che conosceva a memoria. Sarebbe stato un matrimonio molto rapido. Il giudice voleva farla finita. Io volevo farla finita. Ero certo che anche Parker, per un attimo, fosse stato nervoso. Di certo anche lui voleva che Mary fosse nostra il prima possibile.

Era così bella, così sicura di sè, in piedi al mio fianco. Accettava il proprio destino, accettava il fatto che quella fosse la cosa migliore per lei, che *noi* fossimo la cosa migliore per lei. Ero così orgogliosa di lei, così meravigliato dalla sua forza.

Quando i voti furono pronunciati, io mi chinai per baciarla, un bacio casto e rapido, ma non prima di aver percepito la morbidezza delle sue labbra o aver sentito il piccolo sussulto che le sfuggì. Mary aveva chiuso gli occhi e, quando li riaprì, erano velati di rinnovata passione. Fu un momento inebriante, il sapere di averle conferito io quell'espressione. Potevo solamente immaginare come sarebbe stata quando l'avrei baciata *veramente*.

«Vi ringrazio, Giudice.» La signorina Rose diede una pacca sul braccio dell'uomo per tranquillizzarlo. Sembrava sollevato del fatto che fosse finita e si tirò fuori un fazzoletto dalla tasca per asciugarsi la fronte sudata. «Vi prego di dire ad Elise che le vostre ordinazioni, stasera, saranno a carico mio.»

L'uomo non indugiò, ma corse via dalla cucina ad una velocità che smentiva la sua stazza.

La signorina Rose sorrise. «Congratulazioni, Mary. Puoi anche non credermi, ma hai un buon marito. *Due* buoni mariti. Tutti gli uomini di Bridgewater sono uomini d'onore. Leali. Amorevoli.»

Mary annuì, ma non aveva le basi per offrire una risposta. D'altronde, sembrava un tantino sopraffatta. L'accordo era concluso. Era legale. Apparteneva a me, adesso. E a Parker.

«Salite quelle scale, la seconda stanza a sinistra.» La signorina Rose indicò il piano di sopra. «Credo, signori, che la troverete adeguata per stanotte.»

La signorina Rose prese la mano di Mary e gliela strinse brevemente in un gesto rassicurante prima di seguire il giudice, trascinandosi dietro Chloe che ci fece l'occhiolino un attimo prima che la porta si chiudesse alle sue spalle.

«Da soli con nostra moglie in un bordello di Butte,» dissi, incurvando verso l'alto un angolo della bocca.

Parker rise, poi prese Mary per mano. Ero certo che si sentisse sollevato quanto me, sapendo che era nostra. Ufficialmente, legalmente, definitivamente. «Cosa mai potremmo fare?»

5

ARY

AD OGNI VISITA AL BRIAR ROSE MI ERO RITROVATA SCONVOLTA, divertita, perfino meravigliata da ciò cui assistivo, ma adesso, ero leggermente intimorita. Mi ero sentita distaccata da tutto, in una stanza a parte, nascosta a spiare. Una guardona. Da quanto mi aveva detto Chloe, ero una a cui piaceva guardare gli altri in situazioni molto compromettenti. Era eccitante. A volte no. Ma quando una coppia faceva delle cose insieme intriganti, mi ritrovavo accaldata, coi capezzoli che si indurivano e la figa che mi si bagnava. Sognavo certe cose. Le bramavo per me stessa. Ma erano state tutte fantasie.

Adesso... adesso avevo due mariti che mi guardavano con un fervore che riconoscevo. Per la prima volta, quel desiderio era rivolto direttamente a me. Guardare era una cosa, ma *fare*... Avevo paura di ciò che avrebbero pensato della mia curiosità e che mi avrebbero trovata carente o una sciattona.

Magari entrambe le cose, dal momento che avevo portato

quegli uomini in un bordello! Era stato il mio primo pensiero, il primo posto in cui avevo saputo che né mio padre né il signor Benson avrebbero pensato di venirci a cercare. Mio padre non aveva mai saputo che mi ci fossi recata per conto delle ausiliatrici e non si sarebbe mai immaginato che ci sarei andata volontariamente. Non avevo riflettuto sulle ramificazioni di quella decisione affrettata – ovviamente, dal momento che adesso ero sposata e avevo due mariti impazienti che attendevano di consumare il matrimonio.

Mi rifiutai di guardarli negli occhi, per paura di scorgervi vergogna.

«Signor Sullivan-»

Con un dito, lui mi sollevò il mento così che fui costretta a incrociare i suoi occhi scuri, e il calore che vi scorsi mi colse di sorpresa. Era così bello. Così alto, i capelli scuri e ribelli ed io desideravo passarvi in mezzo le dita.

«Dal momento che sono tuo marito, penso che puoi chiamarmi Sully.»

«Sully,» ripetei io.

«Basta anche con signor Corbin. Io sono Parker, per te.» La sua voce fu gentile, perfin tenera.

«Cosa dovete pensare voi due di me.» Mi sentii arrossire.

Parker si accigliò. «Pensare di te?»

Mi torturai le mani e distolsi lo sguardo, ma Sully non voleva saperne. Fui costretta a sostenere il suo mentre ammettevo le mie colpe.

Il cuore mi batteva forte, essendo svanita la mia prima sicurezza. «Trascorreremo la nostra notte di nozze in un bordello!»

«Hai appena scoperto che ho ucciso quattro persone. Sono io che devo chiedermi cosa pensi di me,» ammise Sully, lasciandomi andare.

Lo guardai. *Davvero*. Per quanto fosse incantevolmente

La sposa rubata

bello, era anche molto grande e fisicamente forte. Non avrei avuto alcuna difesa se avesse voluto farmi del male. Sul treno – era stato solamente poche ore prima? – era stato silenzioso, ma solerte. Era stato gentile nel condurmi al vagone ristorante, attento nella conversazione e premuroso nei confronti di qualunque male mi sarebbe potuto accadere. Mi ero sentita al sicuro con lui. Scoprire che aveva ucciso degli uomini difendendo i più deboli non era stata una sorpresa come mi ero aspettata. Se qualcuno avesse voluto farmi del male durante il nostro viaggio, non avevo dubbi che Sully mi avrebbe difesa in qualunque misura necessaria. Impartire il giudizio finale su chi se lo meritava faceva parte del suo carattere.

«La signorina Rose ha un'ottima stima di voi. Mi fido del suo giudizio,» risposi.

Lui inarcò un sopracciglio scuro. «Il suo giudizio ti basta?»

«Ci conosciamo a malapena e devo fidarmi dei miei amici affinché mi aiutino a prendere la strada giusta. Voi avete Parker. Sono certa che avrete dei difetti più grandi che non siano l'aver protetto chi si trovava in pericolo.»

Lui aggrottò ulteriormente la fronte, sorpreso.

Strinsi le mani, torturandomele. «Mio padre. Lui è uno che va in chiesa, un milionario, un imprenditore. Un pilastro della comunità. Aveva intenzione di darmi in *sposa* al signor Benson in cambio di qualche accordo relativo alle loro miniere. E poi c'è il signor Benson. Veniva qui.» Feci un cenno verso il pavimento per indicare il bordello. «Lui... ha ferito una ragazza con una frusta. Una frusta! E faceva altre cose. Cose che sapevo che avrebbe voluto fare con me. O, o magari non avrebbe fatto nulla con me. Mi avrebbe semplicemente messa incinta – un maschio, naturalmente – per poi ignorarmi. Se non gli avessi dato un maschio, avrei sempre dovuto preoccuparmi di morire come le sue mogli

47

precedenti. Per cui non è stare con qualcuno che ha ucciso della gente il problema, bensì il motivo che si cela dietro a tale gesto.»

«Dunque hai scelto l'unica alternativa possibile?» chiese Parker.

Assottigliai lo sguardo. «Io vi ho chiesto semplicemente un aiuto provvisorio. Siete stati voi due a non essere d'accordo. È stato Sully a dire che mi avrebbe sposata. E adesso, adesso dite che sono sposata anche con voi.»

Parker sogghignò. «Esatto. Il giudice può anche averti unita legalmente a Sully, ma il mio giuramento di prima vale ancora. Sono tuo tanto quanto tu sei mia.»

Sully annuì. «Tu *sei* quella giusta per noi.»

Mi accigliai. «Non so come possiate esserne tanto convinti.»

Parker mi posò una mano sulla spalla ed io sollevai lo sguardo su di lui. «A volte si sa e basta.» Si posò una mano sul petto. «Qui.»

Capivo ciò che intendeva, dal momento che il mio cuore aveva fatto un balzo la prima volta che avevo visto Parker quando si era alzato per prendere la mia valigia dal facchino. Mi aveva fatto sudare i palmi delle mani e mi ero sentita immediatamente nervosa. Poi avevo visto Sully e praticamente mi ero mangiata la lingua. Il fatto che entrambi gli uomini si fossero mostrati tanto interessati a me durante tutto il viaggio fino a Butte mi aveva sorpresa e confusa, ma a me era piaciuto un sacco. Una volta che mi ero calmata. Quale donna non sarebbe praticamente svenuta all'idea delle attenzioni concentrate di due uomini?

Non ero mai stata così attratta da un uomo, da due. Vedere uomini e puttane unirsi al bordello mi aveva eccitata, ma nessuno mi aveva resa gelosa delle mie amiche. Sapevo di voler fare quelle cose con qualcuno... Solo che non sapevo con chi. Fino a quel momento.

La sposa rubata

«Ma... ma entrambi? Come funziona un matrimonio con due uomini?»

Parker si fece avanti e mi attirò tra le sue braccia. Il suo corpo era duro per via dei muscoli ed io riuscivo a sentire il suo cuore battere sotto la mia mano. Un ritmo saldo e costante, forse un po' come l'uomo stesso.

«È lo stile di Bridgewater. Abbiamo conosciuto alcuni degli uomini che ci vivono nell'esercito e seguivano tutti l'usanza di condividere una moglie. Se ad uno di noi dovesse succedere qualcosa, dolcezza, saresti comunque al sicuro, protetta dall'altro. Sei il centro del nostro mondo, ora.»

Parker mi lasciò andare e fu il turno di Sully di abbracciarmi. Lui mi dava una sensazione diversa. Erano entrambi alti, entrambi ben formati e con muscoli sodi, ma la stretta di Parker era più delicata, mentre tra le braccia di Sully mi sentivo riparata. Avevano un profumo nettamente diverso. Mi piaceva il modo in cui entrambi mi abbracciavano. Ero grata di non aver dovuto scegliere tra di loro, di non dover vivere la mia vita senza averli conosciuti entrambi.

Potei solamente annuire, dal momento che non comprendevo del tutto quella sistemazione e cosa ne pensassi. Era così travolgente, così disorientante. Così... folle!

«Per quanto riguarda il resto, per quanto tu sia vergine, non sei del tutto innocente,» disse Sully.

Mi irrigidii nel suo abbraccio.

«Ti sei chiesta cosa pensassimo di te per averci portata in un bordello?» domandò Parker.

«Le cose che ho detto a mio padre-»

«Come lo stare sopra durante una scopata o il farti prendere da dietro?» aggiunse Sully. «Non ce lo siamo dimenticato.»

Mi morsi un labbro e sfregai la guancia contro il petto di Sully mentre Parker sogghignava. *Sogghignava*!

«Dovevo dire *qualcosa*.»

«È stata una scelta saggia. Venire qui è stata una scelta saggia. Siamo al sicuro e possiamo trascorrere la nostra notte di nozze a prenderci cura di te, senza preoccuparci di tuo padre o di Benson. Preferirei non dormire con la pistola a portata di mano, stanotte. È il posto perfetto per farti nostra.»

Mi irrigidii nella presa di Sully. «Adesso?» squittii.

Parker mi venne alle spalle, avvicinandosi al punto che percepii il calore del suo corpo, ma non abbastanza da toccarmi. Le sue mani mi si levarono sopra le braccia ed io attesi con ansia che mi stringesse, trattenni il fiato. Bramavo sentire Sully da un lato e Parker dall'altro del mio corpo.

«Stanotte, sì,» rispose Parker, mormorandomi all'orecchio. Un brivido mi corse lungo la schiena alla sensazione calda del suo fiato sul collo. «Ma non siamo dei bruti. Ti prenderemo solamente quando sarai pronta.»

«Ma... e se non fossi pronta?» sussurrai io, aggrappandomi alla stoffa della camicia di Sully.

Lui mi fece sollevare il mento e si chinò per un bacio.

«È nostro compito renderti tale,» mormorò ad un centimetro dalla mia bocca.

Chiusi gli occhi al secondo bacio della mia vita. Fu gentile come quello che aveva sigillato il nostro matrimonio, ma fu... di più. Le sue labbra accarezzarono le mie, mordicchiandomi e assaggiandomi da angolo ad angolo, poi la sua lingua mi scorse sul labbro inferiore. Io trasalii e lui ne approfittò per infilarmela in bocca.

Le mani di Sully mi presero la mandibola e mi fece voltare la testa così da potermi baciare come voleva. Un bacio lento non significava che fosse meno piacevole, dal momento che mi sembrava che mi stesse esplorando, scoprendo cosa mi piacesse, cosa mi facesse emettere dei piccoli versi nel fondo della gola.

La sposa rubata

Le mani di Parker finalmente mi toccarono, scivolando sulle mie braccia e poi sui miei fianchi. Con lui premuto contro di me, sentivo ogni centimetro duro del suo petto, sentivo il suo uccello premermi contro la schiena.

Ero grata della sua presa attorno alla mia vita poichè di certo mi sarei sciolta a terra altrimenti.

«Tocca a me.» Le parole di Parker si insinuarono nel mio cervello annebbiato e prima che potessi fare altro che sussultare, venni girata di colpo e la bocca di Parker si posò sulla mia. Oh, era bravo a baciare. Del tutto diverso da Sully, ma altrettanto eccitante. Quando la sua lingua mi affondò nella bocca, sentii un gusto di menta peperita.

Parker ringhiò; lo sentii riverberare sotto le mani. Quando gliele avevo posate sul petto?

Con un ultimo morso al mio labbro inferiore, lui sollevò la testa e indietreggiò di un passo. Io aprii lentamente gli occhi e oscillai, sentendo la mancanza del loro tocco, della sensazione che mi davano addosso. Il loro odore si mischiava nell'aria stuzzicandomi. *Loro* mi stuzzicavano e adesso volevo di più, proprio come mi avevano detto che sarebbe accaduto. Se baciavano a quel modo, non ero più tanto scettica circa l'idea di avere due mariti. Se era così che potevano farmi sentire con dei semplici baci... potevo solamente immaginare cosa avrebbero potuto fare senza vestiti.

«Sarai pronta,» mi disse Sully, la sua voce più profonda del normale. Il bacio aveva avuto effetto anche su di lui, dal momento che si sistemò ed io non potei non notare il rigonfiamento del suo uccello contro i pantaloni.

«Um... capisco.» Non riuscivo a pensare ad altro da dire, dal momento che gli credevo. Avevo i pensieri annebbiati, il corpo caldo e arrendevole, i capezzoli duri che pulsavano. Li volevo già, le mie dita prudevano dalla voglia di toccarli, di scoprire ogni centimetro duro del loro corpo.

Parker fece il giro e mi si mise davanti accanto a Sully. Erano di stazza simile, uno biondo e l'altro moro. Erano entrambi robusti, con dei muscoli che non si potevano non notare anche sotto gli abiti. Così attraenti, così belli e così miei.

«Chloe sembra una buona amica,» commentò Parker. «Che cosa ti ha insegnato?»

Mi accigliai. «Insegnarmi?»

«Le hai fatto visita diverse volte?» chiese Sully.

Annuii.

«Ti ha portata al piano di sopra?» aggiunse Parker.

Mi leccai le labbra. «Sì.»

«Ti ha baciata come ha fatto Sully? Ti ha spogliata? Ti ha toccata?»

Trasalii di fronte a quella domanda sconvolgente. «Cosa?» Scossi la testa. «No, ma certo che no. Non...»

«Non farebbe al caso tuo?» replicò Sully.

«Io... non lo so. Voglio dire, non ho mai pensato...»

«Non sei interessata a fare l'amore con un'altra donna, allora.»

Spalancai gli occhi di fronte alle parole di Parker. «Sono vergine,» dissi, sollevando il mento. Non volevo che lo mettessero in dubbio.

Sully sorrise. «Bene, dolcezza, ma puoi trovare piacere anche senza perdere la verginità. E con una donna.»

Ripensai a tutto ciò cui avevo assistito attraverso gli spioncini e non si era *mai* trattato di due donne insieme. Non ci avevo mai pensato.

«Oh,» replicai, mordendomi un labbro. «Vi state chiedendo che cosa io abbia imparato guardando, a parte il mio vocabolario volgare.»

Parker allungò una mano e mi aprì il fermaglio del cappello, togliendomelo dalla testa. Portando il braccio dietro di sé, lo posò senza guardare sul tavolo accanto ad una ciotola di cavolo.

«Hai guardato la gente scopare?» mi chiese.

Arrossii e sollevai le mani. Quella parola... scopare, veniva usata da Chloe e da chiunque al Briar Rose con una tale nonchalance che ne ero diventata immune. Ma quando Parker la utilizzava in una domanda diretta a me, mi imbarazzavo all'istante.

La mia mancanza di risposta gli disse abbastanza. Entrambi gli uomini si guardarono attorno.

«Non puoi essere uscita nelle sale principali,» commentò Parker.

«Certo che no,» sbottai io. A parte essere inappropriato, la mia virtù sarebbe stata distrutta e la notizia che mi trovassi lì si sarebbe diffusa a macchia d'olio in tutta la città. Era accettabile per un uomo – perfino un uomo sposato – cercare una donna per una notte di passione, ma lo stesso non si poteva dire di una donna interessata alle attenzioni di un uomo. Specialmente l'ereditiera Millard.

«Da dove guardavi?» mi chiese Sully, la voce più profonda che mai. Autoritaria.

Spinta a rispondergli, indicai la parete dov'era appeso, storto, un orrendo dipinto di una ciotola di frutta.

Sully aggirò il tavolo e sollevò il dipinto dalla parete per rivelare un piccolo buco. Chinandosi – era stato creato per gente molto più bassa – vi posò l'occhio. Potei solamente immaginare cosa stasse vedendo nel salotto. Dopo un minuto, si alzò e si allontanò, lasciando che Parker desse un'occhiata. Lui gemette quando vide qualunque cosa stesse accadendo di là.

Si voltò dal buco e guardò me, sorridendo come un pazzo. «Ti incuriosiva ciò che vedevi? Abbastanza da tornare più di una volta. Ammettilo, dolcezza. Non c'è nulla di cui vergognarsi.»

«Sì.» Avrei potuto mentire, ma sarebbe stato inutile.

«Sei abbastanza curiosa da provare le cose che hai visto, ora che sei sposata?»

Mi voltai, presi a camminare avanti e indietro per la stanza, vidi che il cavolo stava bollendo troppo e abbassai la fiamma sotto alla pentola.

«Mary,» mi spronò Parker, dal momento che era palese che stessi prendendo tempo.

Mi raddrizzai e mi voltai di colpo verso di loro, il nervosismo che prendeva il sopravvento. «Non so come rispondere. In ogni caso pensereste male di me.»

Sully fece il giro del tavolo, spostando una sedia lungo il tragitto. «In che modo?»

Sollevai le mani, poi le lasciai ricadere. «Se vi dicessi che sono curiosa, che mi è piaciuto ciò che ho visto, allora pensereste che sia una donna facile. Se vi dicessi che non mi è piaciuto nulla, mi riterreste frigida.»

Sully annullò la distanza rimasta tra di noi e mi attirò in un altro abbraccio. Sentii il suo mento appoggiarsi sulla mia testa, percepii il suo respiro profondo. Non avevo idea che un uomo così intenso potesse essere il tipo da coccole. Era bello farsi abbracciare, vedersi offrire rassicurazione e conforto in quel semplice gesto.

«*Non* sei frigida,» replicò. «Sei vivace e passionale e quel bacio... a me non è sembrato freddo.»

Era vero, era stato tutto meno che freddo.

«Va' a vedere cosa sta succedendo nell'altra stanza,» mi disse Sully. Mi diede una stretta, poi mi lasciò andare.

Traendo un respiro profondo, andai allo spioncino. Sapevo che dava sulla piccola stanza accanto al salotto, illuminata da lampade e un sacco di velluto rosso che la rendeva audace. Sdraiato comodamente sulla schiena su un divano c'era un uomo: aveva un ginocchio piegato e un piede appoggiato a terra accanto alle mutande spiegazzate di una donna. Non riuscivo a vedere il suo volto perchè Amelia vi era seduta sopra. Proprio sopra! Aveva i seni fuori dal corsetto con i capezzoli esposti. Aveva la testa gettata indietro, gli occhi chiusi e le labbra aperte, mentre l'uomo le metteva la bocca sulla... lì. Le teneva i fianchi e la teneva ferma così da poterle leccare la figa.

Sussultai. Non era una cosa che avessi mai visto prima.

«Mi piacerebbe farlo a te,» mormorò Parker. Era in piedi proprio alle mie spalle – non l'avevo sentito avvicinarsi – ed io trasalii, allontanando l'occhio dallo spioncino. Con le sue mani ad entrambi i lati della mia testa, non potevo andare da nessuna parte. Contro il fondoschiena sentivo il suo uccello, duro e spesso.

«Continua a guardare. Voglio che ti siedi sulla mia faccia proprio in quel modo così che ti possa divorare la figa. Voglio sapere che gusto hai, mandar giù ogni singola goccia della tua essenza. Voglio farti gridare di piacere.»

Mi pulsò la figa mentre guardavo quell'immagine carnale. L'uomo era abile nel suo compito, dal momento che per quanto le tenesse saldamente i fianchi con le mani, lei ondeggiava sopra di lui, gridando con abbandono.

«Ti abbasserò il corsetto così da poterti succhiare uno di quei bei capezzoli gonfi nella mia bocca, poi l'altro mentre Parker userà la lingua sul tuo piccolo clitoride.» Sully mi venne accanto per sussurrarmi all'altro orecchio.

Parlarono mentre io continuavo a guardare l'uomo che spostava Amelia in avanti, le sue mani che afferravano lo schienale del divano per tenersi su, le cosce che tremavano. Chloe aveva detto che a volte fingeva di divertirsi; Amelia non stava decisamente recitando.

«Hai le guance rosse, il fiato corto. Vuoi che ti tocchiamo a quel modo,» disse Parker.

Una mano mi accarezzò la schiena. Non ero certa a chi appartenesse, ma trasformò quell'esperienza dell'osservare una coppia in un'unione tanto carnale. Adesso riuscivo anche a *sentire* ciò che stavo vedendo. Una mano mi strattonò l'abito lungo, sollevandolo sempre di più fino a quando non sentii delle dita sfiorarmi le calze per poi giocarne con l'orlo, toccandomi appena le cosce nude.

Trasalii, non per via di quel tocco, ma perchè in quel momento la donna urlò di piacere. La figa mi pulsò, bramosa di trovare anche lei l'orgasmo.

La porta della cucina si spalancò e l'orlo del mio abito ricadde a terra. Sully si voltò a guardare chi fosse entrato, facendomi scudo. Parker si ritrasse. Impanicata, io mi voltai di scatto, la schiena premuta contro il muro, e sollevai lo sguardo su di lui. Mi sentivo come una bambina che mangiava una fetta della torta di compleanno prima della festa. Invece di rimproverarmi, lui mi sorrise, poi mi fece l'occhiolino. Come poteva un semplice sorriso alleviare la mia tensione, non ne avevo idea.

La persona doveva essersi resa conto di aver interrotto qualcosa, poichè i suoi passi si allontanarono.

«Forse non dovremmo scoparti sul tavolo accanto ad una ciotola di cavolo,» commentò Parker. «Andiamo di sopra, piuttosto?»

Sully si voltò così che mi trovai di nuovo tra loro due, un punto in cui sembrava piacergli tenermi. Non potevo negare la mia impazienza. Potei solamente annuire dal momento che le sensazioni che mi scorrevano in corpo potevano essere alleviate solamente da quegli uomini.

6

Chiudendomi la porta alle spalle, girai la chiave e mi voltai verso la nostra sposa agitata.

«Quando ci troviamo in camera da letto, il tuo primo compito è spogliarti. Stanotte, verrai risparmiata.»

Quando Mary spalancò gli occhi, poi aprì la bocca per rispondere, io sollevai una mano per zittirla.

«Non sei ancora pronta e, cosa più importante, vogliamo spogliarti noi.»

«Esatto. Sei come un regalo di Natale ad agosto,» disse Sully, aggirando Mary come se fosse stata una preda. Era solamente questione di tempo prima che se la divorasse. «Non vedo l'ora di scoprire cosa c'è sotto la carta.»

La stanza era arredata con un grande letto a baldacchino, piuttosto elaborato per un bordello. C'era una poltrona imbottita in un angolo con un poggiapiedi rivestito di velluto davanti. L'unica finestra presente aveva delle tende di broccato, ma il vetro era riparato da un secondo set di tende, queste chiuse. Tutto era di un rosso profondo. Decadente ed esotico.

Sapevo anche perché la signorina Rose ci aveva offerto questa stanza. Non era una delle camere private delle ragazze presa in prestito. Era per gli ospiti speciali che pagavano bene per trascorrere la notte in una tale decadenza. Era anche per gli ospiti speciali a cui piaceva legare le proprie donne alle sbarre del letto o metterle a quattro zampe sul poggiapiedi per sculacciarle o per scoparle in due. Magari entrambe le cose. Avrei dovuto ringraziare la signorina Rose l'indomani.

«Ci sono spioncini in questa stanza?» chiese Sully a Mary.

Lei si guardò attorno, ma fece spallucce. «Non lo so. Non sono mai stata qui prima d'ora.»

Sully le andò alle spalle, le fece scivolare le mani attorno alla vita e le sollevò così da prenderle i seni pieni. «Potrebbe starci guardando qualcuno in questo istante? Potrebbero vedere le mie mani su di te?»

Lei si irrigidì e cercò di divincolarsi, ma quel movimento non fece che spingere ulteriormente i suoi seni tra le mani di Sully.

«Shh,» sussurrò lui. «Vedranno una bellissima donna con i suoi uomini.»

La tenne ferma per un altro minuto, facendole sapere chi fosse al comando.

Spostando le mani sulla parte superiore del suo abito, cominciò a sbottonarle la parte frontale, un bottone alla volta. «*Noi* vogliamo vederti.»

Mi sedetti sul letto, osservando le sue clavicole delicate venire allo scoperto, poi il rigonfiamento superiore dei seni, il corsetto di qualità. Sully fu rapido ed efficiente, togliendole le maniche dalle braccia per poi spingere il pesante tessuto del suo abito lungo i suoi fianchi e farlo ammucchiare a terra.

Mi sfuggì un sospiro. «Non sei minimamente meno vestita di prima,» borbottai, irritato da tutti quegli strati di biancheria che Mary indossava.

«È ciò che noi donne indossiamo sempre,» controbatté lei, abbassando lo sguardo su di sé.

Sully le slacciò le sottogonne, spingendole giù ad unirsi all'abito. Poi le sue mutande.

Rimasero il corsetto e la sottoveste.

Facendo il giro, Sully le slacciò il corsetto per poi gettarlo via.

Mary trasse un respiro profondo e lo lasciò andare. Era così stretto che di certo aveva la pelle delicata tutta segnata. Tutto ciò che rimaneva era la sottoveste.

Mi prudevano le dita dalla voglia di toccarla, ma mi trattenni. «Quando ti rivestiremo domani mattina, tutto ciò che avrai sarà la sottoveste sotto l'abito. Nient'altro.»

Lei sembrò più sconvolta all'idea di non avere della biancheria sotto i vestiti piuttosto che dal fatto di trovarsi in piedi di fronte a noi con indosso solamente una sottoveste. Le mie parole l'avevano effettivamente distratta dal fatto che i suoi seni stessero premendo forte contro la sottile sottoveste e i suoi capezzoli rosati fossero duri e ben visibili. Il tessuto era talmente delicato che riuscivo perfino a intravedere i peli scuri che le coprivano la figa.

«Non posso non indossare un corsetto!» rispose, la voce che si levava.

Sully le prese i seni tra le mani. Erano grandi per il suo corpo minuto, riempivano bene i palmi. «Mmm,» mormorò. «Ci offri un bottino così invitante. Un corsetto più largo, allora, che non ti segni quella bellissima pelle.»

Ero felice che Sully la pensasse come me. i seni di Mary erano delle pesanti gocce d'acqua e le avrebbero dato fastidio se non li avesse tenuti su con qualcosa, tuttavia aveva comunque bisogno di poter respirare.

Sully continuò a giocare ed io guardai gli occhi di Mary passare da vigili ad eccitati, la testa che le ricadeva all'indietro appoggiandosi alla spalla di lui. Stavo scomodo seduto, avevo il cazzo duro e lungo che mi premeva contro i pantaloni. Aprendo la patta sul davanti, lo estrassi e cominciai ad accarezzarmelo.

Una volta che lei fu del tutto abbandonata alla sensazione delle mani di Sully su di sé, lui riuscì a sollevare il sottile indumento che separava il suo corpo delizioso dalla nostra vista e gettò anche quello a terra.

A quel punto gemetti, vedendola completamente nuda. Incantevolmente bella, ed era tutta nostra.

I suoi capezzoli erano di un rosa pallido, duri e che puntavano dritti verso di me. La sua vita era sottile e i fianchi più ampi, larghi e pieni. Non era un fuscello, tutta pelle e ossa, bensì aveva un corpo florido. Le gambe erano lunghe e armoniose. Tra di esse...

Gemetti di nuovo alla vista di quella scura zazzera di riccioli, le labbra rosee che vi facevano capolino al di sotto.

«Vediamo cosa hai imparato dalle tue visite,» dissi, continuando a menarmelo. «Cos'è questo?»

Sperai che la sua eccitazione avrebbe alleviato le sue inibizioni ed ebbi ragione. «Il tuo cazzo.»

Le mani di Sully la accarezzavano dolcemente. Su per i fianchi, sopra il ventre, lungo le sue cosce.

«E questa?» Sully la toccò tra le gambe.

«La mia... la mia figa.»

«Esatto. Vediamo se riesco a farti fare le fusa,» le mormorò all'orecchio, mentre le infilava dentro le dita. Presto, lei gliele cavalcò, selvaggia e impaziente di raggiungere l'orgasmo. Non aveva alcuna inibizione ed era molto sensibile, rispondeva e si eccitava in fretta.

«Che cosa vuoi?» mormorò Sully, la mano affondata tra le sue cosce.

Mi piaceva quella vista, la sua mano scura, grande e tutta rovinata dal duro lavoro, che le apriva le cosce cremose e floride.

«Voglio venire. Fammi venire,» pretese lei.

«Sei mai venuta prima?» le chiese Sully.

Lei annuì, mordendosi un labbro.

«Con le tue dita?» aggiunse lui.

«Sì, ma non è... non è così.»

A quel punto io sorrisi, dal momento che la sua voce era passata da eccitata a disperata. «No, è meglio con i tuoi uomini. Dovrai farci vedere come ti tocchi. Più tardi.»

«Adesso,» ordinò lei. «Fammi venire adesso.»

Estraendo le dita, Sully le schiaffeggiò leggermente la figa. Lei trasalì e spalancò gli occhi.

Scossi la testa. «Non puoi dirci cosa fare, dolcezza. Puoi anche aver guardato altre coppie scopare. Puoi perfino esserti toccata e aver raggiunto l'orgasmo, ma siamo noi ad avere il controllo adesso.»

«Diciamo noi come,» proseguì Sully, schiaffeggiandola ancora una volta tra le cosce aperte. Aveva le labbra gonfie e rosse, il clitoride che sporgeva fuori, molto sensibile. «Diciamo noi quando.»

Incredibilmente, quando Sully le schiaffeggiò di nuovo il clitoride, lei venne, il corpo che fremeva e un gemito che le sfuggiva. Si accasciò tra le sue braccia e lui le avvolse una mano attorno alla vita per tenerla in piedi. Ci scambiammo un'occhiata eloquente, poi Sully le schiaffeggiò ancora la figa e lei si dimenò nella sua presa, dopodichè lui le affondò le dita dentro.

«Sì!» urlò lei, persa nel suo piacere, sollevandosi in punta di piedi.

Per la miseria, a Mary piaceva farsi schiaffeggiare la figa. Era venuta senza avere un cazzo dentro. Era venuta perchè le avevamo detto che adesso eravamo noi ad avere il controllo su di lei.

«Sento la sua verginità,» disse Sully, estraendo le dita da dentro di lei e potandole alle labbra di Mary. «Apri.»

Lei fece come le aveva ordinato e Sully infilò le sue due dita gocciolanti nella sua bocca.

«Senti il tuo sapore. Sei una puttanella,» le mormorò all'orecchio. «Venire senza il nostro permesso. Venire perchè ti stavo schiaffeggiando la figa. Non abbiamo ancora nemmeno infilato il cazzo dentro di te e sei così avida.»

«È così, dolcezza?» le chiesi menandomelo di nuovo. Merda, il solo vederla, così abbandonata al piacere, mi faceva desiderare disperatamente di entrarle dentro. «Sei la *nostra* puttanella. Solo mia e di Sully.»

«Magari ti esibiremo agli altri, ma non ancora. Anche noi siamo avidi.»

Stava ansimando, ormai, i seni che si alzavano e abbassavano, i capezzoli che si ammorbidivano davanti ai miei occhi mentre il suo corpo finalmente si saziava. Ma non avevamo finito. Eravamo *ben lontani* dalla fine.

«Sei venuta senza permesso, per cui sarai punita.»

Un piccolo gemito le sfuggì dalle labbra. Non temeva la parola *punita*, si limitò a stringere l'avambraccio di Sully.

Facendola voltare, lui indicò il poggiapiedi. «A quattro zampe, Mary. Eri così bella quando sei venuta, ma non ci hai obbedito. Ora ti sculacceremo fino a farti il culo di un bel rosa acceso.»

«Ma... ma era troppo bello!» protestò lei, ma si avvicinò al pezzo di arredamento imbottito, ideale per le sculacciate di punizione.

«Se ti piace farti schiaffeggiare la figa, allora adorerai questo,» aggiunse Sully.

Mentre lei si metteva in posizione col sedere in su, i seni

La sposa rubata

che ondeggiavano sotto di lei, io dissi, «Se lo adora, non è una punizione.»

Le accarezzai le curve piene, facendole scivolare una mano sull'interno coscia. Incontrando la sua abbondante eccitazione, le allargai ulteriormente le ginocchia. «Appoggiati sui gomiti.»

Quando lei obbedì, i suoi capezzoli sfiorarono il cuoio freddo e il suo sedere si spinse in fuori verso l'alto. La sua figa, così rosa, bagnata e perfetta, era completamente in mostra. Il mio cazzo pulsava dalla voglia di infilarsi dentro di lei, avevo i testicoli che mi tiravano, ma avrei aspettato. Per il momento. Adesso mi sarei goduto quella prima volta con Mary, imparando cosa le piacesse, cosa adorasse, cosa le facesse gocciolare la figa.

E così abbassai la mano sul suo culo, la natica che diventava subito rossa. Lei trasalì sorpresa, poi quel verso divenne un gemito mentre il pizzicore di sicuro si tramutava in calore.

«Potremmo dover pensare a qualcosa che non sia poi altrettanto... piacevole.»

Lei urlò e si sollevò sulle mani, alzando la testa per guardare Sully.

Lui scosse il capo e le disse di rimettersi in posizione. La sua voce fu profonda e autorevole e lei obbedì all'istante.

La sculacciai di nuovo, ma in altro punto, poi ancora. Per quanto Mary agitasse i fianchi, non perse la posizione. Ad ogni sculacciata, lei gemeva, quel suono che mi avvolgeva le palle e me le stringeva forte.

Sully si accucciò dritto di fronte a lei prendendola per il mento. La baciò dolcemente. «Ti piace farti sculacciare dai tuoi uomini, vero?»

Lei era arrossata, la pelle umida. I suoi capelli, stretti dalle forcine sulla nuca, si sciolsero in lunghe ciocche appiccicandosi alle sue guance e al collo.

Lei lo guardò, i loro volti vicini. «Oh, sì. Fa... fa male, ma poi non più. Ho la pelle calda e sensibile e... voglio venire.»

Sully sorrise a quella confessione. «Brava ragazza per averci detto la verità. Per quanto avresti potuto dirci diversamente, il tuo corpo non mente. Ma ricordati, questa dovrebbe essere una punizione e a te non dovrebbe piacere.»

«Non può... non piacermi,» ammise lei.

Sully si erse in tutta la sua altezza e venne al mio fianco. Ci prendemmo un istante per rifarci gli occhi, guardando la nostra moglie vergine, nuda e a quattro zampe, il culo rosso bello in alto, la figa gonfia che gocciolava vogliosa. Era bellissima... e nostra.

«Per quanto sia vergine, decisamente non è innocente,» dissi a Sully. «Magari potremmo iniziare il nostro addestramento ora.»

Voltando la testa, lei ci guardò da sopra una spalla. Aveva i capelli tutti scompigliati. «Addestramento?»

Mi indicai il cazzo. «Ti prenderai questo, dolcezza. Nella figa, nella bocca e nel culo.»

Sully si slacciò i pantaloni, ne estrasse l'uccello e lei sgranò gli occhi. «E ti prenderai anche il mio. Nello stesso momento.»

Lei spalancò la bocca mentre faceva scorrere lo sguardo tra i nostri uccelli impazienti. Sì, l'avevamo appena sorpresa. Sully ridacchiò. «Quello non lo sapevi, eh?»

Lei scosse la testa e si leccò le labbra. Mentre io andavo a prendere il vasetto di unguento dal comodino, potei solamente immaginare cosa le stesse passando per quella bella testolina.

7

Mary

Era così bello. Come faceva una cosa tanto dolorosa ad essere tanto bella? Quando il palmo della mano di Parker mi finiva sulla natica, faceva male! Quel dolore forte e bruciante che mi si diffondeva dentro facendomi urlare. Ma allo stesso tempo, mi si contraeva la figa, vogliosa di farsi riempire dal suo cazzo. L'avevo visto ed era grande e spesso e incredibilmente duro. Più grande di qualsiasi cazzo avessi mai visto. Gli uomini che avevo visto mentre spiavo ce l'avevano avuto piccolo, a confronto. E adesso, poiché mi stava sculacciando, io volevo che mi scopasse.

Cosa ne faceva di me, questo? Oddio. Voleva dire che mi sarebbe piaciuto-

«Dov'è finita quella tua bella testolina?» mi chiese Sully, accarezzandomi la schiena. «Qualcosa ti ha tesa tutto d'un tratto.»

«Stavo solamente pensando.»

«Mmm,» mormorò Parker. «Forse non ti stavo sculacciando abbastanza forte da farti dimenticare tutto il resto?»

Mi irrigidii di nuovo.

«Mary,» la rimproverò Sully. «Sputa il rospo.»

«Stavo pensando a Benson. Se mi piace quando mi sculacciate, se mi piace il dolore che mi provoca, mi sarebbe piaciuto quello che mi avrebbe fatto lui, dopotutto?»

Entrambi gli uomini vennero a inginocchiarsi di fronte a me. Sully mi tirò su così da mettermi in ginocchio sul poggiapiedi.

«A Benson piace fare male alle donne. È quello che gli dà piacere. Infliggere dolore, lasciare il segno, vederle reagire. Gli piace vederle che soffrono.»

Parker annuì alle sue parole. «Noi non ti faremmo mai davvero del male. Ti è piaciuto essere sculacciato ed è per questo che lo abbiamo fatto. Siamo noi ad avere il controllo. Traiamo piacere dal dominarti, quando ti sottometti ai nostri comandi. Per quanto potresti provare dolore, sarà sempre mite e ti porterà subito piacere.»

Riflettei sulle sue parole. Quando Parker mi aveva sculacciata, aveva fatto male, ma non terribilmente e ne era derivato praticamente subito piacere. Mi era piaciuto. No, l'avevo *adorato*.

«L'idea di farti frustare ti attira?» mi chiese Sully.

Spalancai gli occhi e incrociai le braccia al petto. Scossi con decisione la testa.

Parker sorrise ed entrambi mi presero una mano. Coi pollici mi accarezzarono i palmi, in un gesto delicato e rassicurante.

«Ecco la differenza, dolcezza,» aggiunse Parker. «Tu non lo vuoi, dunque noi non lo facciamo. Non è ciò che ti rende felice, ciò che ti dà piacere, per cui non rende felici noi e non dà piacere nemmeno a noi.»

«A voi piace sculacciarmi?»

Loro sogghignarono come dei matti, abbassarono lo sguardo sui propri cazzi, entrambi che protrudevano spessi tra le loro gambe.

«Basta parlare di Benson. Non abbiamo ancora finito con te. Devi ancora essere punita per essere venuta senza permesso. È chiaro che una semplice sculacciata *non* sia una punizione.»

Sully mi picchiettò la punta del naso. «Sì?» mi chiese.

Per quanto fossero tanto autorevoli, tanto dominanti, si assicuravano che io stessi bene.

Annuii. «Sì,» sussurrai.

«Torna in posizione, dolcezza.» La voce di Parker aveva perso la sua dolcezza ed era profonda e autorevole. Quel tono mi fece scorrere un brivido lungo la schiena ed io obbedii.

«Tocca a me, allora,» disse Sully, facendo il giro per venirmi dietro. «Forse Parker ci è andato troppo leggero.»

Rrisi, ma divenne un gemito, quando il suo dito rozzo mi scorse tra le labbra per poi insinuarsi dentro di me.

Gemetti alla sensazione di avere qualcosa nella figa. Bruciava un po', dal momento che il suo dito era grande ed io *ero* vergine.

«Gocciola,» disse prima di estrarre il dito.

Io mi sentii vuota. Agitai i fianchi, sperando che avrebbe colto l'antifona e mi avrebbe di nuovo messo il dito dentro.

Una mano mi calò sul sedere. Non più forte di prima, solo... diversa. «Diciamo noi come e quando, dolcezza. Vuoi di nuovo il mio dito?»

«Oh sì,» gemetti io. Volevo stringermici attorno, attirarlo dentro di me.

Quando tornò, non fu dove mi ero aspettata. La punta bagnata premette contro il mio punto più oscuro. Io mi irrigidii, ma una mano mi si posò sulla natica mentre il dito si muoveva in circolo.

«A giudicare dalla tua riposta al dito di Sully che ti preme contro l'ano, possiamo dedurne che tu non abbia mai visto una donna farsi scopare nel culo?» domandò Parker

Scossi la testa, concentrandomi sulla strana sensazione che mi suscitava il dito di Sully. Non era brusco, bensì gentile seppur insistente. Mi lasciai cadere la testa tra le mani, la fronte appoggiata al cuoio freddo. Lanciai un'occhiata tra le mie cosce aperte e vidi le gambe forti di Sully.

Il dito si ritrasse ed io sospirai, ma poi tornò, bagnato e freddo. Questa volta, fece più pressione, seppur sempre con gentilezza, allargandomi.

Io sussultai, mentre lui si spingeva lentamente dentro di me.

«Rilassati. Lasciami entrare. Brava ragazza. Un altro respiro profondo. Sì, così. Vedi? Il tuo culo si è aperto subito per me.»

Artigliavo il poggiapiedi di pelle, mentre Sully entrava dentro di me. Venni allargata e la punta del suo dito mi riempì. Non fece male, ma fu fastidioso.

«Perchè? Perchè mai dovreste voler-»

Chiedendomi perchè dovessero pensare che potessi volere un dito infilato lì dento, cominciai a far loro proprio quella domanda, ma invece di una risposta verbale, Sully ritrasse il dito appena di poco e dove mi accarezzò, il mio corpo prese vita. Una fiammata di calore mi fece urlare, piuttosto forte.

Sully ridacchiò, poi infilò nuovamente dentro il dito. Dal momento che io non vedevo l'ora, ero rilassata e lui affondò leggermente più di prima, solo per poi tirarsi indietro.

«Sì!» gridai. «Ossignore benedetto, sì!»

La mia pelle si inumidì di sudore e il mio bisogno di

venire passò da un leggero calore ad un fuoco che mi divampò in tutto il corpo.

«Questa è solo la punta del mio dito che ti scopa il culo, dolcezza. Immagina se fosse il mio cazzo,» disse Sully, muovendo lentamente il dito dentro e fuori.

«Sto per venire,» li avvisai. Era come un treno a vapore, incapace di fermarsi.

«Oh no,» mi avvertì Parker. «La tua punizione è trattenere il tuo piacere. Non ti è permesso venire. Sully ti sculaccerà dieci volte e tu le conterai tutte.»

La sua mano si abbassò ed io sentii il forte colpo prima ancora del bruciore che mi provocò. Tuttavia non ci feci più di tanto caso quanto al suo dito dentro al mio culo che scivolava ancora più a fondo. Gemetti, in maniera decisamente lasciva e disperata. Come poteva essere così bello?

«Conta, Mary,» disse Sully.

«Uno,» esalai, sfregando la guancia arrossata contro il cuoio.

Sciaff!

Il dito di Sully quasi mi uscì dall'ano ed io vidi delle luci colorate esplodermi dietro le palpebre.

«Due!»

Sciaff!

Il suo dito scivolò ancora più a fondo.

Sculacciata dopo sculacciata, io contai. Sculacciata dopo sculacciata, Sully mosse il dito dentro e fuori dal mio culo.

Il mio corpo desiderava disperatamente venire. Il bisogno di lasciarmi andare, di arrendermi alla pura meraviglia di quelle sensazioni, era il mio unico pensiero. Era un piacere doloroso. Un dolce dolore che mi faceva indurire i capezzoli e pulsare il clitoride. *Non venire. Non venire. Non venire.*

Contai e mi costrinsi a reprimere la mia necessità, al

punto che quando gemetti, «Dieci,» mi trovavo proprio al limite.

Sully estrasse del tutto il dito da dentro di me.

«No! Ti prego, no,» urlai. Non volevo che il suo dito smettesse.

Con un braccio attorno alla mia vita, lui mi sollevò tra le sue braccia ed io guardai Parker sdraiarsi sul grande poggiapiedi, la testa e la schiena appoggiate comodamente, le gambe tese e le ginocchia piegate così da avere i piedi appoggiati a terra. Il suo uccello puntava dritto al soffitto, del liquido trasparente che ne colava dalla fessura sottile.

Sully mi abbassò con le ginocchia a entrambi i lati della vita di Parker, la mia figa sospesa direttamente sopra il suo cazzo.

«È arrivato il momento di concederti a noi,» disse Parker, uccello in mano. Se lo accarezzò, la pelle rossa, gonfia e irritata. «Hai mai visto una donna cavalcare il cazzo di un uomo?»

Annuii, mordendomi un labbro.

«Siediti sull'uccello di Parker,» mi ordinò Sully. «Prendilo bene a fondo.»

Piegando le ginocchia, sentii la punta ampia scontrarsi con la mia figa e scivolare sulle mie labbra bagnate. Mi spostai, poi mi sistemai mentre il suo uccello si insinuava contro la mia apertura.

«È così grande,» mormorai, sentendo le labbra della mia figa aprirsi. Mi formicolava il culo per via del dito di Sully e il mio corpo aveva un bisogno talmente disperato di venire. L'idea del suo enorme cazzo che mi riempiva, spezzando la mia verginità, non mi faceva nemmeno paura.

«Lo sono, dolcezza. Ti riempirò tutta,» sogghignò Parker.

Mi premetti in basso su di lui e lui mi scivolò dentro un delizioso centimetro alla volta. Mi stava allargando, riempiendomi, ed io trasalii.

«Ah, eccola, l'ultima barriera tra di noi,» ringhiò lui.

Feci una smorfia di fronte alla forte fitta di dolore, quando il suo uccello si scontrò con quella sottile membrana.

«È giunto il momento di farti mia. Nostra.»

Sully venne alle mie spalle, mi posò delicatamente una mano sulla spalla ed io sentii il suo dito umido premermi di nuovo contro l'ano. La combinazione dell'uccello infilato per metà dentro di me, che mi stuzzicava, e del dito di Sully mi fece tremare.

«Quando ti riempiremo, avrai il permesso di venire,» mormorò Sully. Io vidi Parker lanciargli un'occhiata da sopra la mia spalla.

Posando le mani sui miei fianchi, Parker si spinse verso l'alto mentre mi attirava in basso. Nello stesso momento, il dito bagnato di Sully mi scivolò nell'ano.

Il dolore dell'uccello di Parker che mi spezzava la verginità, il suo cazzo che mi apriva la figa, il bruciore nell'ano e il dito di Sully infilato a fondo nel mio culo si fusero tutti in un vortice di doloroso piacere così forte e accecante che vidi bianco dietro le palpebre. A quel punto venni, la schiena inarcata e la testa gettata all'indietro mentre mi sfuggiva un grido di piacere. Non riuscii a trattenerlo. Non riuscii a trattenere nulla. Mi dimenai e mi agitai, ansimando e urlando mentre venivo.

Nulla, *nulla* mi aveva preparata per ciò che stavo provando. Ero persa, gettata al vento e sbattuta qua e là. Non riuscivo a controllarlo, non riuscivo ad aggrapparmi a nulla, ma sapevo di essere al sicuro. La sensazione delle mani di Parker che mi afferravano i fianchi e quella di Sully sulla mia spalla erano la mia ancora, che mi teneva ferma e mi permetteva di lasciarmi andare sapendo che mi avrebbero presa loro. Mi avrebbero tenuta al sicuro.

Lentamente, tornai in me. Gli uomini si erano immobilizzati mentre io venivo, l'uccello di Parker che mi pulsava dentro, il dito di Sully una presenza insistente e profonda.

Aprendo gli occhi, li abbassai su Parker. Aveva le guance rosse, i muscoli del collo tesi.

«Quella, dolcezza, è punizione.»

Sul suo volto si aprì un ghigno selvaggio ed io non potei fare a meno di sorridere.

«Verrai punita quando disubbidirai, ma ti promettiamo che dopo verrai ricompensata.»

Caddi contro il suo petto, il tessuto della sua camicia che mi sfregava ruvido contro i capezzoli sensibili. «Sono così stanca,» mormorai.

«Oh no, non ci provare.» Con mani delicate, lui mi spinse nuovamente su così che gli fui di nuovo seduta a cavalcioni sopra, il suo uccello che si muoveva dentro di me.

«Tocca a Parker, Mary,» disse Sully. «Fatti una cavalcata sul suo cazzo.»

Aveva ancora il dito dentro di me ed io mi ci contrassi attorno. Entrambi gli uomini gemettero. Mi sentivo potente in quel momento. Sazia, sudata e meravigliosamente potente.

Lanciandomi un'occhiata alle spalle, guardai Sully. «Ma... ma il tuo dito.»

Lui inarcò un sopracciglio e sorrise malizioso. «Abituati ad avere qualcosa che ti riempie il culo.»

Cosa intendeva esattamente con quello?

«Ma-»

«Noi sappiamo cosa è meglio per te?» mi chiese lui.

«Sì, ma... qualcosa lì, spesso?»

Lui ritrasse leggermente il dito, poi me lo pompò dentro, le altre dita che si scontravano con le mie natiche arrossate.

«Sì.» Fu tutto ciò che disse in merito. «Scopati il cazzo di Parker.»

Volevo muovermi, la mia figa era vogliosissima, per cui mi sollevai sulle ginocchia e mi alzai. L'uccello di Parker mi

La sposa rubata

scivolò contro i muscoli interni e mi fece trasalire. Allo stesso tempo, mi sollevai anche dal dito di Sully, ma non completamente. Ero ancora aperta anche per lui.

Abbassandomi, li sentii entrare a fondo.

Gettai indietro la testa mentre il piacere tornava. Niente dolore, niente disagio per l'aver perso la verginità. Non sapevo come potessi volere più piacere dopo il mio primo orgasmo, ma il mio corpo era caldo e pronto a rifarlo ancora e ancora. Il mio clitoride sfregava contro il basso ventre di Parker ed io mi spostai, agitandomi dal momento che avevo entrambi i buchi pieni.

«Lasciati andare e goditela. Vieni quando e quanto vuoi.»

Col permesso di Sully, presi a muovermi. Mi ricordavo di aver visto le prostitute scoparsi gli uomini a quel modo e adesso sapevo perchè fosse piaciuto loro così tanto. Tuttavia nessuna di loro aveva mai avuto un secondo uomo a infilarle un dito a fondo nel culo così che si scopasse da sola in entrambi i buchi. Era una cosa oscura, carnale e sbagliata, eppure era meravigliosa.

Sully e Parker non pensavano male di me per via del mio aspetto lascivo. In effetti, mi spingevano a mostrarmi tale, mi spingevano a scoprire e soddisfare i desideri più perversi.

Dimenticai tutto quanto quando l'istinto prese il sopravvento e fui spinta verso un altro orgasmo. Mi alzai e mi abbassai, scopandomi il cazzo di Parker. Le sue dita mi stringevano i fianchi, ma mi permetteva di muovermi come necessario. Il dito di Sully era insistente e andava così a fondo ogni volta che le sensazioni che mi suscitava mentre mi sollevavo e mi abbassavo mi spinsero oltre il limite.

Venni di nuovo, contraendomi, i muscoli interni che tremavano e pulsavano.

Mentre venivo, smisi di muovere i fianchi e mi arresi. Parker a quel punto assunse il comando, alzandomi e abbassandomi mentre spingeva i fianchi verso l'alto, ora toccava a lui usarmi per il proprio piacere. Aveva il fiato corto, un ritmo incostante mentre le sue necessità prendevano il sopravvento. Lo sentii gonfiarsi e inspessirsi dentro di me, prima che mi si spingesse dentro così a fondo che lo sentii scontrarsi col mio utero. Mentre veniva, gemette. A quel punto venni anch'io, un delicato piacere graduale alla sensazione del suo seme caldo che mi pulsava dentro.

Questa volta, quando caddi in avanti contro il suo petto, lui mi strinse tra le braccia, accarezzandomi la schiena bagnata.

Mentre Parker riprendeva fiato, mentre io me ne stavo lì sdraiata immobile e sazia, Sully estrasse delicatamente il dito da dentro di me ed io gemetti. Lo sentii togliersi i vestiti e li vidi cadere a terra accanto a me.

Il rumore di pelle che sfregava contro pelle mi fece voltare leggermente la testa e lo guardai mentre Sully, nudo, si accarezzava il cazzo decisamente impaziente.

«Tocca a Sully, dolcezza,» mormorò Parker. «Guarda quel cazzo. Ha bisogno di te. Ha bisogno della tua figa.»

Parker mi tenne stretta mentre si alzava a sedere, per poi spostarsi e sdraiarmi sulla schiena proprio come ci era stato lui.

Alzandosi, si infilò nuovamente l'uccello sgonfio nei pantaloni.

Sully si avvicinò al bordo del poggiapiedi, mi prese le caviglie e mi fece scivolare giù fino a quando le mie natiche non si trovarono sul fondo. La pelle indolenzita formicolava contro il cuoio freddo.

Per quanto intenso, Sully era sempre stato dolce con me. Perfino il suo dito mi aveva esplorato il culo in maniera quasi delicata. Adesso, però, adesso stava tenendo a bada la bestia che aveva dentro ed era a un passo dal perderne il controllo. Il suo corpo era ricoperto da un velo di sudore. Aveva il viso arrossato, le labbra strette. Le vene sulla sua tempia pulsavano e il suo uccello perdeva del liquido sul pavimento di legno.

Vederlo a quel modo mi rendeva vogliosa. L'avevo reso io così. Per quanto il giudice avesse avuto paura di Sully, ero io a ridurre quel fuorilegge al suo stato più elementare.

«Tira indietro le ginocchia. Allargale di più. Tienile così.»

Mi misi in posizione come mi ordinava lui. Mi piaceva il tono severo della sua voce, fare come voleva. Ora sapevo che per quanto avrebbe fatto di me ciò che desiderava, sarei venuta anch'io. Ne ero certa.

Posando un ginocchio a terra, poi l'altro, lui si inginocchiò tra le mie cosce aperte. Era all'altezza perfetta affinché il suo uccello si allineasse alla mia figa. Senza alcun preambolo, si spinse dritto dentro in un'unica lunga spinta. Andò più a fondo di Parker, se fosse stato anche solo possibile. Forse era l'angolazione, forse era perchè ce l'aveva più lungo, ma io ne sentii ogni singolo centimetro spesso.

Mi prese con forza, tanto era grande il suo bisogno di avermi. Con gli occhi fissi sulla mia figa, guardò il suo cazzo scomparire dentro di me e tornarne fuori ricoperto da una miscela della mia eccitazione e del seme di Parker.

«Siamo una cosa sola, Mary. La tua figa, il seme di Parker, il mio cazzo. Ti riempirò anch'io. Il nostro seme ti gocciolerà fuori tutta la notte, ti renderà bella bagnata per prenderti di nuovo.»

Mi disse cosa aveva intenzione di fare, come aveva intenzione di scoparmi, come Parker mi avrebbe presa mentre si spingeva a fondo dentro di me.

Parker si inginocchiò accanto al poggiapiedi e mi prese i seni, giocandoci, strattonandone i capezzoli mentre Sully non si fermava. Io inarcai la schiena e mi tenni le ginocchia, mentre Sully veniva, spingendomi ad un ultimo orgasmo. Come con Parker, sentii il suo seme riempirmi, ne sentii i fiotti caldi ricoprirmi la figa. Ero stata marchiata da entrambi e adoravo quel concetto quasi neandertaliano.

I nostri respiri pesanti erano tutto ciò che riuscivamo a sentire; l'odore di sesso, spesso e pungente, riempiva l'aria. Io ero sudata, appiccicosa e mi sentivo indolenzita, usata e... ben scopata.

Quando Sully si tirò fuori, sentii entrambi i loro semi cominciare a gocciolarmi fuori.

La mano di Sully mi strinse la figa. «È una vista stupenda, dolcezza. La tua figa, tutta gonfia e ben sfruttata, il nostro seme che ne cola fuori.»

Le dita di Parker si unirono a quelle di Sully, sfregando il loro seme su di me, rispingendomelo dentro. «Non vogliamo che ne perdi neanche una goccia.»

Parker mi sorrise mentre le loro mani si muovevano nel mio punto più intimo. «E tu che pensavi di non essere pronta.»

8

Mary

Me ne stavo a mollo in una vasca piena di acqua bollente nel bagno, con gli occhi chiusi. C'era un profumo di rose proveniente dalle saponette e dagli oli infilati in un cesto di rame appeso su un lato della vasca di rame. Rame. Molto probabilmente estratto dalla miniera di mio padre.

Il bordello era silenzioso in quelle prime ore del mattino: tutti i clienti erano stati soddisfatti e mandati via, tutte le donne dormivano dopo la lunga nottata di lavoro. Era il momento perfetto per rilassare tutti miei nuovi dolori e indolenzimenti. Non proprio dolori, ma decisamente ero indolenzita. Non potei impedirmi un ghigno nel ricordarmi esattamente come fossi finita così.

«È stato così bello?»

Aprii gli occhi per vedere Chloe in piedi sulla porta. Indossava una semplice sottoveste bianca e aveva uno scialle attorno alle spalle. Mi sorrideva apertamente agitando le sopracciglia.

«È stato... più che bello.» Cercai di pensare ad un aggettivo appropriato, ma non ce n'era uno. Dubitavo che l'insegnante della mia infanza avrebbe potuto pensare ad una parola adatta a ciò che provava una donna dopo essersi fatta scopare da due uomini.

Chloe entrò e si chiuse la porta alle spalle, attenta a far girare il chiavistello nel modo più silenzioso possibile.

«Sono sorpresa che i tuoi uomini ti abbiano permesso di sfuggirgli.»

Afferrai una saponetta, ci giocai, poi me la lasciai scivolare tra le dita. «Si sono svegliati, ovviamente.»

«Ovviamente,» ridacchiò lei, spostandosi per sedersi su uno sgabello basso, le ginocchia piegate contro il petto. Aveva i capelli rossi acconciati in una spessa treccia che le cadeva sulla spalla, con un semplice nastro blu al fondo.

«Ma hanno compreso il mio interesse nel farmi un bagno.»

«Ci scommetto. Hai tutte le fortune. Non un bel cowboy, ma due. E il Cecchino Sullivan, nel letto.» A quel punto sospirò. «Scometto che la sua arma è *molto* potente.»

Roteai gli occhi a quel doppio senso.

«Quell'altro uomo, Benson? Ho altri motivi per cui non avresti dovuto sposarlo.»

Nel sentirlo nominare, io mi agitai, l'acqua che fluiva contro il bordo della vasca. «Oh?»

«Uno dei miei uomini la scorsa notte era il suo capomastro.» Chloe avanzò verso la vasca, si chinò in avanti e si mise la mano vicino alla bocca come se avesse voluto confidarmi un segreto. «La miniera, non c'è alcun rame. Quel filone è esaurito da tempo.»

Spalancai gli occhi. «Esaurito?»

Non riucivo a crederci. Quell'uomo spendeva soldi come

se provenissero da un pozzo e lui non facesse altro che estrarli dal terreno. Se la sua miniera era esaurita, di certo non si stava comportando come se fosse stato nei guai.

Lei si morse un labbro, poi annuì. «Ora basta parlare di quello stronzo. Raccontami tutto della scorsa notte.»

Punzecchiai una bolla sulla superficie dell'acqua. «Cosa?»

«Mary Millard,» esordì lei, poi ridacchiò di nuovo. «Voglio dire, Mary Sullivan, eri vergine la scorsa notte e la tua prima volta è stata con *due* uomini. Nemmeno io sono mai stata con due uomini e sono una puttana da quattro soldi di Butte.»

Assottigliai lo sguardo. «Sei molto più di una puttana da quattro soldi,» la ammonii.

«E come ho già detto, non sono mai stata con due uomini.» Si sporse in avanti, le guance rosse per la trepidazione. «Voglio sapere tutti i dettagli.»

«Non so cosa dirti, dal momento che non ho altre esperienze con cui fare il confronto.»

Chloe rifletté. «Vero. Allora ti farò io delle domande a cui dovrai rispondere.»

Non ero sicura di quanto volessi condividere. Una cosa era spiare le scappatelle sessuali di altra gente, un'altra era investigare nelle mie, per quanto minime fossero.

«Innanzitutto, non sei più vergine, giusto?»

«Giusto.» Era una domanda facile. Avevo sposato due uomini dominanti e virili. Non c'era alcuna possibilità che avessi potuto superare la mia notte di nozze senza che il matrimonio venisse consumato.

«Ti hanno scopata entrambi?»

Riuscivo a vedere i miei seni sotto l'acqua, i capezzoli morbidi, ma mi ricordavo di come fossero stati duri quando Parker ne aveva preso uno, poi l'altro in bocca.

«Sì.»

«Insieme?» La sua domanda fu carica di meraviglia.

Io scossi la testa. Mi ero raccolta i capelli sulla testa con un paio di forcine, ma i riccioli mi ricadevano attorno al viso e al collo. «Hanno detto che non ero pronta, che dovevo essere addestrata.»

«Mmm,» rispose lei pensierosa.

«Chloe.» Avevo io una domanda per lei, ma avevo paura di porgliela. Tuttavia trassi un respiro profondo, dal momento che forse lei era *l'unica* persona a cui potessi chiederlo. «In questo contesto, che cosa significa essere addestrati?»

Lei allungò le gambe di fronte a sé. «I tuoi uomini sono degli amanti premurosi. Vogliono scoparti nel culo, ma probabilmente è molto stretto.»

Le lanciai un'occhiata, poi distolsi lo sguardo. Le offrii un timido cenno del capo, dal momento che quella discussione circa una parte privata del mio corpo mi metteva tremendamente a disagio, ma volevo che proseguisse.

«Il tuo culo – non tu – deve essere addestrato, deve essere lentamente allargato così da poter accogliere un cazzo senza che ti faccia male.»

«Oh.» Ripensai al dito di Sully e a come l'avesse usato per *addestrarmi*.

«Come lo farebbero?» domandai, senza accennare al dito. *Quello* non avevo intenzione di condividerlo.

«Oh, be', con dei plug.»

Mi acciglai, pensando al tappo sul fondo della vasca.

Lei si alzò, poi corse alla porta. «Torno subito!»

Sparì prima che potessi anche solo chiedermi che fine avesse fatto. Usai il sapone su tutto il corpo, poi strinsi le mani a coppa per sciacquarmi le spalle. Stavo finendo quando Chloe fece ritorno, chiudendosi di nuovo la porta alle spalle. Tenne sollevato un piccolo oggetto.

«Questo è un plug.» Agitò le sopracciglia.

Sembrava un... «È un rammendatore di calze?»

Lei scosse la testa e ridacchiò di nuovo. «No, sciocca, questo si infila nel culo. Vedi com'è sottile in punta e poi si allarga? Questo ti tende i muscoli aprendoti per poi stringersi di nuovo. Questa qui è la parte che rimane fuori e che lo tiene fermo.»

«È tuo?»

Lei mi guardò come se non ci fossi stata con la testa. «Certo che no. Abbiamo un falegname che li produce per il bordello. Questo si trovava nella scatola di quelli appena consegnati.»

Spalancai la bocca alla sola idea e il mio ano si contrasse al pensiero che quell'affare mi venisse infilato dentro. «Non ho mai... Voglio dire, nessuno ha mai usato uno di quelli mentre li guardavamo.»

Lei si portò un dito alle labbra. «Non mi ricordo di aver visto nessuno assieme a te che si facesse scopare nel culo, né che ci giocasse. Se vi avessimo assistito, non avrebbero usato uno di questi perchè avrebbero avuto esperienza e non avrebbero avuto bisogno di alcun aiuto.»

Aveva senso.

«Allora-» Stavo per porle un'altra domanda, ma qualcuno bussò alla porta interrompendomi.

«Mary.»

Chloe mi guardò.

«È Sully.»

«Vuoi che lo faccia entrare?» sussurrò lei.

«Come se ci fosse qualcosa che potesse tenerlo fuori?» risposi io.

Chloe aprì la porta e Sully entrò. Era di nuovo vestito, con la camicia fuori dai pantaloni e i piedi scalzi. Coi capelli scuri scompigliati e la barba che gli stava ricrescendo sulla mandibola, aveva un aspetto vigoroso e bellissimo.

Quando mi vide nella vasca da bagno, il suo sguardo si assottigliò e si scaldò. Dalla sua altezza, riusciva a vedermi tutta. Potevo anche essere stata vergine la sera prima, ma conoscevo quello sguardo. «Sono venuto a controllare se stavi bene.»

«Io e Chloe stavamo solamente chiacchierando.»

«Cos'è quello?» chiese, indicando il plug che aveva Chloe in mano.

Lei spalancò gli occhi e guardò me, leggermente spaventata. Apprezzavo il fatto che si preoccupasse per me, che ciò di cui avevamo parlato era stato fatto in confidenza. Adesso la nostra conversazione non era più un segreto.

«È... è un plug anale,» mormorò lei.

«È tuo?» chiese lui.

Chloe scosse la testa, ma non gli rivolse l'occhiata buffa che aveva mostrato a me quando io le avevo rivolto la stessa domanda. Sembrava leggermente intimorita da Sully, o quantomeno dal Cecchino Sullivan. «No, l'ho preso nella scatola che ci ha consegnato il falegname.»

«Ah, bene. Tempismo eccellente, allora. Posso averlo?»

Dopo avermi lanciato una breve occhiata, lei glielo porse. Sembrava così piccolo nella mano grande di Sully, ma potevo solamente immaginare come sarebbe stato dentro di *me*.

«Fatto tutto?» mi chiese.

Annuii, dal momento che l'acqua si stava raffreddando e la stanza affollando.

Guardandosi attorno, lui prese un asciugamano da un gancio sulla parete e venne da me. Io mi alzai, l'acqua che gocciolava via. Era strano trovarmi nuda con lui, ma dopo la notte precedente, era stupido sentirsi in imbarazzo. Sully mi porse la mano ed io uscii dalla vasca, poi lui mi avvolse nell'asciugamano.

Mentre lo faceva, disse, «Parker è sveglio e dovremmo andarcene prima che si faccia troppo tardi. Prima, però, ti depileremo la figa. Adesso che abbiamo ricevuto questo

La sposa rubata

regalo da Chloe, cominceremo anche il tuo addestramento anale.»

Spalancai la bocca, mentre lui mi teneva l'asciugamano stretto attorno al corpo. «Chiedo scusa?» domandai. Aveva detto depilare?

Lui andò all'armadietto a specchio e ne aprì l'anta, trovò dell'attrezzatura per radersi dopodichè si voltò.

«Depilarmi?» squittii.

Lanciai un'occhiata a Chloe, che si limitò a mordersi un labbro. «Io... um, lascerò che voi due, o tre-» ridacchiò di nuovo, «-restiate soli, adesso, e passerò a salutarvi più tardi.»

Sgattaiolò fuori dalla porta ed io rimasi sola con Sully.

«Depilarmi?» ripetei.

Lui aveva le mani piene di un rasoio, una corta cinghia di cuoio per affilarlo e una tazza per radersi, con un pennello dal manico in avorio che ne spuntava fuori. In più, il plug. Oddio.

«Sì, ti depileremo tutta la figa.»

Mi accigliai. «Ma perché?»

Lui andò alla porta, la aprì, sbirciò in corridoio e poi tornò a guardare me. Aveva un luccichio oscuro negli occhi e un angolo della bocca sollevato verso l'alto. «Perché voglio divorarmi quella dolce figa e la voglio bella liscia.»

«Divorare?»

«Vieni, Parker ci sta aspettando. Dopo che ti sarai depilata, potremo far fare amicizia al tuo culo stretto con questo bellissimo plug.»

«Non voglio farmi depilare,» ammisi. «E quel... plug non ci starà dentro di me.»

Lui mi prese per un gomito e mi trascinò lungo il corridoio fino in camera nostra. Usò un fianco per chiudersi la porta alle nostre spalle.

Parker era seduto su un bordo del letto e si stava

infilando uno stivale. Mi osservò con indosso solamente l'asciugamano.

Si alzò, venne da me e mi baciò. Non appena la sua bocca incontrò la mia, ogni pensiero venne dimenticato. Le sue labbra morbide accarezzarono le mie, una, due volte. Poi lui approfondì il bacio, la sua lingua che si intrecciava alla mia. Le sue mani mi afferrarono le braccia ed io mi sentii accaldata, questa volta non per via dell'acqua della vasca. La mia figa si contrasse al ricordo di cosa seguiva ad un bacio.

Quando finalmente Parker sollevò la testa, scoprii che l'asciugamano si trovava ammucchiato ai miei piedi ed io ero completamente nuda di fronte a loro.

«Non vuole farsi depilare,» disse Sully.

Parker inarcò un sopracciglio. «Oh? Perchè no?»

La risposta per me era semplice.

«Perché dovrei?» replicai.

Lui a quel punto sogghignò, un attimo prima di prendermi in braccio e sdraiarmi sul letto. Rimase in piedi lì accanto con le mani sulle mie cosce, strattonandomi fino a farmi scivolare sul bordo. Mi posò un piede sulle coperte morbide, poi l'altro prima di inginocchiarsi. Sollevandomi sui gomiti, io abbassai lo sguardo lungo il mio corpo nudo fino a lui. Aveva la testa direttamente allineata alla mia figa.

A quel punto si chinò, posando la bocca su di me. Lì!

«Oddio,» sussultai.

La punta della sua lingua si mosse lungo la mia fessura, poi, con le mani sulle mie cosce, sfruttò i pollici per allargare le mie labbra inferiori. Con più determinazione che delicatezza, mi leccò. Sul clitoride, su ogni labbro, poi la mia apertura.

Sollevai i fianchi così che potesse farlo ancora un po', ma lui alzò la testa e sogghignò. Usando il dorso della mano, si ripulì la bocca, che era umida di... oh. Era bagnato della mia eccitazione.

«Ecco perché vogliamo depilarti.» Parker sollevò una mano e Sully gli porse il pennello da barba. «Apetta e vedrai. Fidati di noi, ti piacerà. In effetti, lo adorerai.»

«Ma tutta quanta?» domandai. Doveva sparire tutto?

Parker assunse un'espressione pensierosa, mentre mi strattonava leggermente i riccioli morbidi. «Ne lascerò un pochettino qui. Un piccolo triangolino chiaro che punta dritto alla mia-»

«La nostra,» lo corresse Sully.

«La nostra figa perfetta.»

Non ero sicura se dovessi esserne grata o meno.

«Chloe ci ha dato anche questo.» Sully sollevò il plug così che Parker potesse prenderlo ed io arrossii violentemente. Da così vicino, riuscivo a vedere che era fatto di legno scuro, liscissimo. *Era* grande, ma non tanto più largo del dito di Sully.

Con la più leggera delle carezze, Parker mi sfiorò il clitoride, poi scese più in basso, ancora più in basso e sempre più in basso fino al mio ano. Il suo dito vi girò attorno premendoci leggermente contro. «Una volta che ti avremo depilata ti infileremo questo qui dentro. Inizieremo il tuo addestramento. Vuoi prenderci entrambi, non è vero, dolcezza? Uno in quella bella figa calda e uno nel tuo culo vergine.»

«Stai ferma per Parker, Mary, e quando avrà finito, quando quella figa sarà nuda e quel culo pieno, ti lasceremo venire,» promise Sully. «Deciderai tu se con la bocca di Parker o col mio cazzo.»

Oddio.

9

Sully

Lasciare il bordello, quando c'erano un letto perfettamente comodo e una sposa molto soddisfatta, fu difficile. La signorina Rose aveva dei cavalli, pronti ad attenderci per portarci a Bridgewater. Eravamo partiti con delle semplici provviste, ma ci volevano solamente poche ore per raggiungere Bridgewater e ce la facemmo – senza alcun intoppo – entro l'ora di pranzo. Naturalmente, pensare alla figa di Mary con una piccola zazzera di peli biondi, il mio seme che vi gocciolava fuori e la base scura del plug anale che le allargava le natiche, me lo fece avere duro per tutto il viaggio. Era una maniera decisamente scomoda di viaggiare. Avrei voluto portarmi Mary dritta a casa nostra e tenerla nuda e nel letto per almeno una settimana per placare il mio bisogno di lei, ma dovevamo presumere che Benson non avrebbe ceduto quando si trattava di Mary.

Non conosceva più che il mio cognome, per cui ci sarebbe

voluto del tempo, perfino con tanti soldi da spendere nell'impresa, per trovarmi. Ecco perché avevamo del tempo, un paio di giorni almeno, ma non avremmo rischiato di mettere in pericolo i nostri amici. Dovevano sapere cosa sarebbe molto probabilmente successo così che le donne e i bambini sarebbero stati al sicuro e si potesse escogitare un piano per porre fine a Benson una volta per tutte.

Per questo, deviammo da casa nostra e andammo dritti a quella di Ian e Kane, dove chi non stava lavorando si riuniva per i pasti. Per quanto qualcuno si mostrò sorpreso, quando presentammo Mary come nostra moglie, tutti ne furono felici. Lei era stata trascinata in cucina con le signore e con Mason, che stava dando una mano a preparare da mangiare. Con l'accennare al fatto che Mary fosse una Millard, noi ci chiudemmo nell'ufficio di Kane. Nessuno di noi aveva paura di Benson, ma era una minaccia concreta.

«Vuole Mary,» dissi al gruppo. A parte Parker e Kane, si erano uniti a noi Andrew, Robert e Brody. Per quanto non provenissimo dallo stesso paese, eravamo tutti soldati esperti. Un ricco stronzo era solamente una seccatura di cui dovevamo occuparci.

«Ciò significa che vuole farti fuori,» disse Kane. «E non intendo cacciarti dal Territorio.»

Il suo accento inglese gli faceva mangiare un po' le parole. Lui, assieme ad Ian, era stato il primo a sposarsi. Emma era la loro moglie e avevano una bambina, Ellie.

Kane e Ian, assieme ad alcuni altri dell'esercito inglese, avevano avviato Bridgewater. Un loro uffiale comandante aveva assassinato una donna e incastrato Ian per quell'atto orribile. Invece di affrontare le ingiustizie sociali e politiche di un processo inglese – era la parola di uno scozzese contro quella di un britannico qualificato – erano fuggiti in America per vivere una vita semplice.

Era esattamente ciò che volevo io. Una vita semplice, ma poi avevo sposato Mary.

«Se tu fossi morto, lui potrebbe sposarla e unire la sua miniera a quella di suo padre,» proseguì Kane. «O qualunque siano i suoi maledetti piani.»

«Soldi. Quelli stanno alla base di tutto, decisamente.» Parker incrociò le braccia. «Non sa nulla di me, o quanto meno non sa che lei è anche mia.»

Mi appoggiai al muro e fissai gli altri. «Ciò significa che se io dovessi morire, Parker la renderebbe legalmente sua,» dissi.

«Reggie Benson è un gran figlio di puttana,» disse Robert. Era appoggiato al bordo della scrivania e si accarezzava la barba con le dita. «Non l'ho mai conosciuto, ma la sua fama lo precede.»

Andrew scosse la testa. «Quell'incidente in miniera l'anno scorso, si poteva evitare, ma a lui non era fregato un cazzo.»

C'era stato un crollo, poiché Benson non aveva fornito abbastanza legname per puntellare le pareti. La miniera aveva ceduto e quattro minatori erano morti. Nel giro di un giorno, aveva trovato cinque sostituti. Erano stati proprio come gli uomini sul treno assieme a noi, entusiasti di un nuovo inizio. Per Benson, era gente sacrificabile.

«Voi avete ciò che desidera,» aggiunse Andrew. «Verrà a cercarvi già solo per principio.»

Kane scosse la testa e unì le dita mentre si appoggiava allo schienale della sua sedia. «Non verrà lui di persona. Manderà degli uomini. Uno come lui non si sporca le mani.»

Mi scostai dalla parete. «Darà la caccia al marito di Mary, non a me nello specifico. Non sa con chi ha a che fare.»

Parker rise. «Esatto. Non ha alcuna idea di stare affrontando il Cecchino Sullivan.»

Scossi la testa di fronte a quell'appellativo. «Io voglio soltanto una vita tranquilla.»

Era il mio mantra e non facevo che ripeterlo.

Brody rise. «Hai scelto Mary Millard come moglie. Un'ereditiera che comporta delle... complicazioni.»

«E lei è tutto meno che tranquilla,» aggiunse Parker, sistemandosi l'uccello. Probabilmente stava pensando a come avesse urlato di piacere. Il sorrisetto eloquente della signorina Rose quella mattina quando l'avevamo salutata ci era bastato per capire che le nostre azioni non erano passate inosservate.

«E Laurel era meno complicata?» domandò Andrew a Brody. Per quanto né io né Parker avessimo vissuto a Bridgewater quando Laurel, la sposa di Brody e Mason, era stata trovata in una bufera di neve, conoscevamo la storia. Aveva un padre ricco come Mary – non *altrettanto* ricco quanto quello di Mary, però – che aveva avuto intenzione di darla in sposa ad un uomo orribile. Era stato un momento pericoloso per lei, ma ormai quei tre si erano lasciati tutto alle spalle.

Brody sogghignò e scosse la testa. «Perfino ora che quel casino è risolto, rimane un bel peperino.»

«Non è stato facile nemmeno per Emily o Elizabeth,» aggiunse Kane, riferendosi alle altre due spose del ranch.

Parker mi si avvicinò e mi diede una pacca sulla spalla. «Abbiamo scelto tutti delle spose... tempestose.»

Gli uomini annuirono e si scambiarono occhiate cospiratorie. Per quanto gli uomini di Bridgewater adorassero le proprie mogli, eravamo anche amanti molto dominanti e davamo loro ciò di cui avevano bisogno, il che non sempre era ciò che volevano. Proprio come il plug anale quella mattina. Mary inizialmente aveva resistito, poi, sorprendentemente, era venuta mentre io glielo avevo lentamente spinto dentro e fuori, allenando quello stretto anello di muscoli a rilassarsi e ad aprirsi.

«Qui non si tratta di te, ricorda,» suppose Kane. «Si tratta di Benson che vuole avere la meglio su di te. Come hai detto tu stesso, non sa che sei il Checchino Sullivan, sa solamente che sei l'uomo che gli ha rubato la sposa.»

«Che è Mary,» dissi io. «La nostra sposa rubata. Abbiamo un piano contro la vendetta che di sicuro metterà in atto?» domandai.

Gli uomini annuirono, avendo trascorso gli ultimi trenta minuti a vagliare alcune opzioni ed essendo giunti ad una decisione di gruppo su come porre fine a Benson.

«Il piano è buono,» disse Andrew. «La domanda è, vostra moglie capirà?»

MARY

«Sully e Parker,» disse Laurel, guardandomi con un mix di meraviglia e ammirazione. «Sono una bella coppia. Pure bellissimi.»

«Laurel,» la avvertì Mason.

Quando eravamo arrivati a Bridgewater, non avevo saputo cosa aspettarmi. Sully e Parker mi avevano detto durante la cavalcata che si trattava di un ranch gestito in comunità – che si stava lentamente trasformando in un paesino indipendente – dove tutti contribuivano al suo successo e alla sua crescita. Con molti ulteriori amici che si aggiungevano di frequente, venivano comprati altri terreni e costruite nuove case. Fondate nuove famiglie. L'ultima includeva Sully e Parker, dal momento che avevano fatto ritorno con me. Se avessero continuato a scoparmi come avevano già fatto, avremmo costruito una famiglia tutta nostra nel giro di nove mesi.

Erano rimasti sorpresi del nostro matrimonio, ma a

quanto avevo sentito dire, non ero stata la prima ad arrivare semplicemente già sposata con due degli uomini di Bridgewater. Emma era stata – sorprendentemente – acquistata ad un'asta da Ian e Kane e sposata l'attimo dopo. Elizabeth era stata promessa in sposa per lettera ad un uomo crudele e aveva invece sposato di nascosto Ford e Logan. Ann aveva sposato Robert e Andrew su una nave. Tutti i matrimoni che mi avevano raccontato erano stati rapidi e accompagnati da una bella storia.

Per quanto riguardava me, *io* mi stavo a mia volta ancora riprendendo dalla sorpresa di essere sposata. Dall'attenzione incrollabile di due uomini. Ero sorpresa che mi avessero permesso di venire trascinata in cucina dove stavano preparando il pranzo.

Mi era stato detto che tutti i pasti venivano consumati assieme, cucinati e serviti in casa di Emma. Quando eravamo arrivati, erano state fatte le presentazioni, ma per via del grande gruppo, temevo che non mi sarei ricordata i nomi di tutti per un po'. Ero io quella nuova, comunque, e mi chiedevano di continuo di me e dei miei uomini. I *miei uomini*.

«Sei interessata alle attenzioni di altri uomini, adesso, moglie?» chiese Mason a Laurel. «Altri uomini rivendicati da Mary?» Per quanto stesse lanciando occhiate a sua moglie, stava ripulendo un pollo su un ampio vassoio. Ce n'erano tre da preparare alla farcitura e se la stava sbrigando in fretta.

Laurel gli sorrise dolcemente. Lui rise, coltello alla mano. «Quell'espressione ti fa guadagnare una sculacciata, amore.»

Sculacciata? Anche Laurel veniva sculacciata?

Lei agitò le sopracciglia. «Lo so.»

A giudicare dalla sua risposta, sembrava che le piacesse... e che lo volesse. Io inizialmente ero rimasta sorpresa quando Parker mi aveva sculacciata, ma mi era piaciuto. No, avevo adorato la sensazione della sua mano su di me. Avevo adorato l'attenzione che stavo ricevendo. Avevo adorato il modo in cui tutti i miei pensieri mi erano fuggiti di mente ed io mi ero concentrata solamente su Parker e sul suo tocco. Su Sully e sulle sue parole carnali.

Un bambino si mise a piangere nella culla sotto una finestra aperta. Laurel si concentrò su di lui e andò a prenderlo in braccio.

«Raccontaci di te, Mary. Non dei tuoi uomini,» aggiunse Emma. Si trovava seduta a tavola, con una bimba in un seggiolone accanto a lei. La piccola batté le mani sul tavolo e osservò un fagiolo verde cadere a terra. Un cane marrone, seduto astutamente sotto di lei, lo prese subito. La piccola, naturalmente, ridacchiò del cane.

«Nel caso non l'aveste sentito dire, sono una Millard.»

Tutti gli adulti nella stanza – Emma, Mason, Laurel, Ann e Rachel, o era Rebecca? – annuirono.

«Qui è come in un paesino, le notizie si diffondono in fretta.»

«Non ci sono segreti qui,» aggiunse Ann. Stava aiutando il figlioletto a pulirsi le mani. Sembrava che i bambini mangiassero prima degli adulti, se non altro quel giorno. Era difficile trattenersi dall'afferrare una coscia di pollo e addentarla, dal momento che aveva un profumo delizioso ed io stavo morendo di fame.

Laurel rise. «Mmm, come potrebbero esserci dei segreti, Mason, se tu e Brody mi scopate in veranda?»

Mason sollevò la testa dal proprio compito e sogghignò. «Eri scontrosa e ne avevi bisogno. Se continui ad usare questo tono, verrai sculacciata là fuori-» indicò la porta sul retro che portava alla veranda, «-mentre gli altri stanno mangiando.»

Il sorriso sul volto di Laurel si spense e lei sembrò contrita. Mason le fece l'occhiolino, poi tornò a tagliare il pollo.

Non riuscivo a capire se quella coppia stesse scherzando o meno. Mason l'avrebbe sculacciata sulla veranda sul retro della casa di Emma dove tutti avrebbero potuto vedere – e sentire?

«Sì, sto imparando in fretta che qui tutti sanno tutto,» commentai, pensando che avevo bisogno di chiedere ai miei uomini dove mi avrebbero sculacciata se mai ne avessero sentito la necessità. «Mio padre possiede una delle miniere di rame di Butte. Mia madre è morta quando ero piccola e lui non è stato uno dei genitori più... amorevoli. Sono stata cresciuta in una comunità missionaria e di recente ci si aspettava che mi sposassi per siglare un accordo vantaggioso.»

Mi venne porto un mestolo forato ed un'ampia ciotola e mi vennero indicati i fornelli. «Grazie-»

«Rebecca,» disse la donna.

«Sì, Rebecca.» Mi voltai verso i fornelli e cominciai a tirar su delle piccole patate rosse dall'acqua bollente mettendole nella ciotola. «Non è Boston o New York, ma a Butte la società è comunque importante. Così come gli affari. Mio padre ha stretto un accordo con il signor Benson ed io ero la merce di scambio.»

«Conosco Benson. È... un uomo sgradevole,» disse Mason, smettendo di tagliare il pollo.

Potevo solamente immaginare che cosa avrebbe detto se non si fosse trattenuto.

«Non ha importanza adesso, perchè sono sposata con Sully... e con Parker.» Tralasciai i dettagli del bordello, dal momento che come avrei potuto spiegare il tutto senza sembrare una prostituta o una tipa decisamente stramba? Per quanto sembrasse che tutti fossero di mentalità molto aperta, non ero ancora pronta a confessare loro tutti i miei segreti.

«Sully e Parker, sono una bella coppia,» disse Laurel, tornando all'inizio della nostra conversazione.

Mi tornarono alla mente i miei uomini, mentre mettevo altre patate nella ciotola. Non ero sicura che fosse il vapore o il ripensare a ciò che mi avevano fatto quella mattina ad accaldarmi tutta. Sfregando le gambe l'una contro l'altra, sentii la mia figa nuda, completamente liscia e senza un pelo. Avevo la mia eccitazione e il loro seme a ricoprirmi le labbra e adesso era così evidente. Perfino il culo. Oddio. Sully aveva lubrificato il plug che aveva confiscato a Chloe e me lo aveva spinto dentro con cautela.

Mi ero trovata sulle ginocchia, la guancia premuta contro il letto mentre lui si era preso tutto il tempo del mondo. Col respiro pesante, avevo ansimato e avevo opposto una gran resistenza, per poi rilassarmi mentre lui mi elogiava.

Che brava ragazza. Respira. Sì, spingiti indietro. Ah, ti stai aprendo così bene. Guarda come ti stai allargando. Pensa ai nostri cazzi che ti scivolano dentro, alla sensazione che proverai quando ti prenderemo qui.

Quando il plug si era finalmente infilato dentro di me, io mi ero accasciata sul letto, adattandomi alla strana sensazione di quel corpo estraneo. Mi sentivo aperta e piena. A parte quello, mi sentivo... controllata. Ogni parte di me apparteneva a loro. Avrei dovuto detestarlo, dal momento che di sicuro Benson avrebbe avuto il controllo su di me se ci fossimo sposati. Questo era diverso. Così diverso che ero venuta per via delle attenzioni di Sully. Gli uomini erano rimasti sorpresi e, invece di punirmi, mi avevano elogiata.

Ma non era finita lì. Il plug era dentro, ma Sully aveva detto, «Non abbiamo finito, dolcezza. L'addestramento è appena cominciato.»

Il rumore di un cucchiaio mi distrasse dai miei pensieri. Sento *tutto*, adesso, incluso il mio sedere indolenzito. Parker mi aveva tolto il plug appena prima di lasciare il Briar Rose, ma io sentivo ancora gli effetti dei loro sforzi. Era tutto ancora più evidente dal momento che non indossavo una sottogonna nè le mutande. Ero nuda, là sotto. Completamente nuda. Avrebbero potuto semplicemente sollevarmi le gonne e... A quel punto arrossii eccome. Decisamente non era colpa del vapore.

Dovetti chiedermi che cosa avessero intenzione di farmi ora. Per quanto Mason avesse detto che lui e Brody si erano scopati Laurel sulla loro veranda – dove chiunque avrebbe potuto vederli e sentirli – dovetti sperare che i miei mariti non l'avrebbero fatto. Ma quando andammo a casa loro – casa nostra – seppi che non avrei avuto tregua.

10

 ARKER

Per una settimana, ci tenemmo Mary in casa. Nuda. L'unico ornamento che le concedemmo fu un plug nel culo e il nostro seme sulle cosce. Una settimana a tenerla ben occupata, mentre attendevamo di avere notizie così da poter mettere in atto il nostro piano di porre fine a Benson una volta per tutte.

Quinn e Porter erano andati a Butte con la loro moglie, Allison. Una volta lì, si sarebbero goduti il teatro e le altre cose che aveva da offrire quella grande città e, nel frattempo, avrebbero tenuto d'occhio Benson. Nessuno di loro era mai stato lì in passato e non sarebbe stato una minaccia, nè una connessione con Sully, per Benson. Dopo sei giorni, ci avevano finalmente fatto sapere che Benson stava venendo a cercare Sully. Avevamo avuto ragione, aveva pagato degli scagnozzi affinchè portassero a termine il compito al posto suo ed erano in viaggio verso Bridgewater.

La sposa rubata

Qualcuno bussò alla porta quando ci trovavamo in camera da letto con Mary. Lei stava cavalcando Sully, con le mani che stringevano forte le sbarre della testiera, il culo stretto riempito da un plug molto più grande di quello che le aveva dato Chloe. Con un po' di dolce persuasione, era stata in grado di salire di due taglie nel giro degli ultimi giorni ed era a un passo dall'essere pronta a prenderci insieme. Per quanto fosse una cosa che sia io che Sully desideravamo ardentemente fare, non avevamo fretta. Adoravo vedere l'espressione sul suo volto quando le insegnavamo cose nuove. Era insaziabile quanto noi, per nulla inibita e *molto* sensibile, facile da eccitare e da portare all'orgasmo.

Mi misi dei pantaloni e andai alla porta. I piccoli ansiti e gemiti di Mary mi seguirono lungo il corridoio mentre Sully le parlava sporco.

Kane si tolse il cappello ed entrò. Quando il rumore di una mano che colpiva della pelle nuda arrivò fino a noi, lui inarcò un sopracciglio. Quando Mary urlò, sogghignò.

«Vi ho interrotti.»

«Sully può occuparsi di lei da solo per un po'.»

«Sì!» gridò Mary, la sua voce disperata e affannata.

Mi sistemai l'uccello duro e sogghignai senza vergogna.

«Sarò breve, dunque. Porter si è fatto sentire. Gli uomini di Benson sono diretti qui. L'ho detto agli altri. Partiamo tra due ore.»

Annuii, contento che fosse finalmente arrivato il momento di occuparci di Benson, per quanto non fossi molto disposto ad abbandonare Mary in quel momento. Era anche vero che ce l'avevamo sempre duro e pronto per lei, per cui non c'era mai davvero un momento buono per dividerci da lei. Sully aveva desiderato una vita semplice e, con un po' di speranza, una volta risolto presto il problema di Mary con Benson – o il problema di Benson con Sully – avremmo potuto tornare al ranch e scopare in pace per il resto delle nostre vite. Avevamo bisogno di farla finita con quella storia.

«Chi resterà qui?» domandai. Le donne sarebbero state protette.

«Dash e Connor, più Mason. Quinn e Porter torneranno con Allison questo pomeriggio.»

«Bene.»

Mary a quel punto urlò, e non di dolore.

«Due ore?» chiesi, impaziente di chiudere la porta in faccia a Kane e tornare dalla mia sposa.

«Fai tre.» Kane mi diede una pacca sulla spalla e se ne andò trovando l'uscita da solo.

Tornando in camera, trovai Mary a letto, gli occhi chiusi, la pelle ricoperta da un velo di sudore. I suoi capelli biondi erano ingarbugliati sui cuscini e stava cercando di recuperare fiato. Sully era seduto sul bordo del letto, che si tirava su i pantaloni. Inarcò un sopracciglio con aria interrogativa ed io annuii in risposta.

Lui si alzò e si allacciò i bottoni. Per quanto avesse l'espressione di un maschio ben soddisfatto, la sua concentrazione si era spostata su Benson.

«Mary,» dissi, con voce delicata.

Lei sembrava così sazia, così soddisfatta, che sapevo che le mie prossime parole avrebbero rovinato tutto. Diamine, non volevo rovinare quel momento per nessuno di noi. Lei fece scorrere una gamba sulle lenzuola, piegandola. Sapeva che adesso la sua figa si era aperta per noi? Sapeva che era deliziosamente rosa e gonfia, ricoperta da uno spesso strato del seme di Sully? Sapeva che il manico del plug nel suo ano le divaricava in maniera tanto invitante le natiche?

Se così fosse stato, allora era una scaltra seduttrice e l'avremmo sculacciata.

«Mmm?» replicò.

La sposa rubata

«Dobbiamo dirti una cosa.» La voce di Sully non fu delicata quanto la mia – non lo era mai – e lei aprì gli occhi.

«Benson sta mandando degli uomini qui, per vedersela con Sully,» dissi io. Non c'era alcun modo per addolcire la pillola.

«Cosa? Adesso?»

Lei si alzò a quattro zampe, gli occhi spalancati per la paura. Spostandosi un po', si sistemò in modo che il plug non le desse fastidio. Aveva i seni che penzolavano adorabilmente sotto di lei ed io desideravo fortemente prenderli nelle mani.

«Vieni, dolcezza. Salimi in grembo così ti tolgo quel plug.»

Andai a sedermi e lei sollevò una mano per fermarmi.

«Un plug nel culo non è il mio primo pensiero, al momento. Hai detto che il signor Benson sta venendo qua per Sully, allora... che cosa farà? Mi porterà via?»

Entrambi scuotemmo la testa.

«No.» Sully si mise le mani sui fianchi e abbassò la testa. «Non hai alcun valore per lui fintanto che sei sposata con me.»

Mary sembrò pensierosa, si morse un labbro. «Vuole vedersela con te.»

Sully annuì.

«Tu resterai qui insieme alle donne. Mason e un paio di altri uomini resteranno al ranch a proteggervi.»

Lei assottigliò lo sguardo. «Avete intenzione di lasciarmi qui?»

Aveva cominciato a trovarsi a proprio agio con la sua nudità, ma dubitavo che in quel momento stesse pensando a che aspetto avesse, tutta seni floridi e figa nuda, seduta sul nostro letto. Non fece che rendere più facile la mia risposta.

«Diamine, sì.»

«Ma-»

Sully si incrociò le braccia al petto. «Noi proteggiamo ciò

che ci appartiene. Il che significa te. Resterai qui dove non dovremo preoccuparci di te, dove potremo occuparci di Benson e tornare da te.»

«Sì, ma-»

«Vuoi che ti scopiamo ancora un po' prima che ce ne andiamo o che ti puniamo?» le chiese Sully, il suo tono lo stesso di quando si era piegato Mary sulle ginocchia in passato.

«Io non ho voce in capitolo?»

«In questo?» domandai. Col cazzo proprio. «No. È nostro compito, nostro privilegio, occuparci di questa faccenda, di Benson. Una volta per tutte.»

«Quanto starete via?»

Andai a sedermi accanto a lei, attirandola a me così che mi si sedesse in braccio, sistemandosi con cautela per via del plug. Infilandomela sotto il mento, mi godetti la sensazione morbida e piena del suo corpo contro il mio. Volevo tutto quello, volevo *lei*, senza complicazioni, senza preoccupazioni ad incombere su di noi.

Quello, il tenerla tra le braccia, era pace. Era semplice, tranquillo. Perfetto.

«Li attireremo lontano da Bridgewater, per cui l'incontro non avverrà oggi. Immagino tre, quattro giorni.»

Lei mi accarezzò distrattamente l'addome. Mi aveva già stuzzicato in passato e non era mai stato così. Alle volte, sapeva essere una piccola seduttrice. Adesso non era uno di quei momenti. Ad ogni modo, la sua carezza me lo fece venire duro. *Tutto* di lei me lo faceva venire duro.

«Tu andrai a stare con Laurel e Mason.»

Le accarezzai i capelli setosi, che le scendevano tutti scompigliati lungo la schiena e sulle mie cosce.

«D'accordo,» rispose.

Sollevato, le diedi un bacio sulla testa.

«Abbiamo un paio d'ore. Kane è rimasto impressionato

La sposa rubata

da quanto forte sei venuta. Pensi di poter urlare così anche per me?»

Lei si irrigidì nel mio abbraccio. «Mi ha sentita?» chiese, preoccupata.

«Mmm.»

Usando due dita, io le sollevai il mento così che incrociò il mio sguardo. «Solo per te?» mi chiese.

«Per me e Sully. Quando saremo via, dovrai continuare ad utilizzare i plug da sola.»

Lei si accigliò.

«Quando torneremo, ti rivendicheremo.»

«Insieme,» aggiunse Sully.

«Esatto. Sulla schiena, gambe ben aperte.» La aiutai a mettersi in posizione e che fossi dannato se non avessi avuto voglia di infilarmi tra quelle cosce e scoparmela. Ma avrebbe potuto attendere.

«Tira fuori quel plug e te ne daremo uno più grande. Lo lubrificherai per bene e te lo infilerai dentro da sola. Lo indosserai fino a pranzo, poi di nuovo quando andrai a letto.»

Sully doveva aver visto l'espressione sul suo volto, perché disse, «Lo sapremo, dolcezza. Quando torneremo, saremo in grado di infilarti un dito dentro facilmente per controllare, poi i nostri cazzi.»

Sollevò il nuovo plug, più lungo e più spesso di quello che aveva dentro in quel momento, e il vasetto di lubrificante. «Se ti infili quel nuovo plug in fretta, avremo più tempo per scoparti prima di andarcene.»

«Volete... volete che lo faccia da sola?»

«Sì, dobbiamo sapere che ne sarai in grado quando non ci saremo,» replicò Sully. «Poi ti scoperemo. Sarà così bello e stretto.»

«Ed io voglio sentirti urlare almeno due volte così che potrò ripensare al tuo piacere quando sarò via,» aggiunsi io, sapendo che le notti trascorse a seguire le tracce di Benson sarebbero state lunghe. Pensare a lei mi avrebbe aiutato.

Mi sedetti da un lato di Mary, Sully dall'altro, e le tenemmo aperte le ginocchia, guardandola occuparsi del proprio addestramento anale. Con i capezzoli induriti e la pelle arrossata, sapevo che non era per niente un fardello.

11

Mary

Rimasi sveglia quella notte, a pensare ai miei uomini. In qualche modo avrebbero scovato le persone assoldate dal signor Benson, le avrebbero condotte lontano da Bridgewater e poi avrebbero teso loro un'imboscata. Come ciò avrebbe fatto decidere al signor Benson che io non sarei più dovuta essere sua moglie, non ne avevo idea. Quell'uomo non si sarebbe fermato fino a quando Sully non fosse morto ed io fossi rimasta vedova, di nuovo disponibile per un matrimonio. Se Sully e gli altri avessero ucciso gli uomini che gli davano la caccia, Benson ne avrebbe semplicemente mandati degli altri. I numeri non si sarebbero fermati.

Non ci sarebbe stata fine. Niente della pace e tranquillità che Sully stava cercando. Io volevo solamente che Sully e Parker ottenessero ciò che desideravano. A differenza del desiderio del signor Benson, non si trattava di una cosa tangibile, non era una cosa che si poteva comprare. Era uno stile di vita e anch'io lo anelavo. Non mi servivano i soldi, a me servivano solamente i miei uomini.

C'era solamente un modo per fermare il signor Benson. L'idea mi venne mentre fissavo le ombre che danzavano sul muro nella camera per gli ospiti di Laurel. Le morbide tende alla finestra si muovevano con la brezza estiva e catturavano il bagliore della luna. Io mi trovavo da sola in un letto estraneo e in una casa estranea. Mi ero abituata a condividere il letto con due grandi uomini, a farmi abbracciare tutta la notte, premuta tra due corpi caldi. Adesso mi sentivo sola. Perfino in una notte calda, avevo i brividi. Desideravo ardentemente i miei uomini.

Non avevo ripensato a ciò che aveva detto Chloe riguardo la miniera del signor Benson quella mattina nel bagno del bordello. Sully era entrato interrompendoci e poi mi aveva fatto conoscere un rasoio e un plug anale. Dire che i miei pensieri erano stati occupati da quelle due cose sin da allora sarebbe stato un bell'eufemismo. Ma ora che se n'erano andati da un giorno intero, avevo avuto del tempo per riflettere.

La miniera del signor Benson si era esaurita. Non c'era rame. Ciò significava niente più soldi, niente più stile di vita sfarzoso. Non c'era da meravigliarsi che mi volesse. Voleva i miei soldi, e fondamentalmente la miniera di mio padre. Lì non c'era alcuna penuria di rame. Quel filone era buono. Ottimo.

Essere sposata con Sully significava che per il signor Benson non era più possibile ottenere la miniera di mio padre. Era disperato. Ciò significava che non avrebbe smesso di provare ad avermi. Non avrebbe permesso a Sully di restare in vita. Più tempo passava, più disperato sarebbe stato. Certo, avrebbe potuto trovarsi un'altra ereditiera, ma io ero l'unica a Butte – o lo ero stata – nubile e di età maritabile.

Lillian Seymour aveva quarantasei anni e sette figli. Se suo marito fosse morto, il signor Benson avrebbe potuto sposare lei, ma le sue intenzioni sarebbero state palesi. Quella donna era appetibile, e sette figli?

C'era Olive Morrise, ma lei aveva dodici anni. Dubitavo che il signor Benson potesse aspettare sei anni, ma nemmeno sei mesi.

Io ero la sua unica possibilità.

Sapevo come porre fine a quella storia una volta per tutte. Non sarebbe stato tramite Sully. Nemmeno tramite dei mercenari. C'era una persona che doveva scoprire la verità e porre fine a quell'accordo d'affari. Mio padre.

Dovevo andare a Butte. Dovevo andare a trovare mio padre, dirgli della miniera del signor Benson. A quel punto avrei potuto vivere la mia vita con i miei uomini senza che la paura o il pericolo incombessero su di noi. E uno dei miei uomini *era* in pericolo. Per quanto avessero detto che era compito loro proteggermi, era compito mio salvarli. Sapevo come salvare Sully e non potevo semplicemente starmene seduta lì con Laurel e le altre donne con quell'informazione in mio possesso senza fare nulla.

Butte si trovava a sole poche ore di distanza. Una cavalcata facile per un cavallo con un fantino leggero. Nessuno stava dando la caccia a me. Non ero *io* quella in pericolo. Dovevo solamente scoprire come sgattaiolare via. Mason, Quinn, Porter e gli altri uomini erano molto protettivi. *Troppo* protettivi. Mi girai su un fianco, stringendomi le lenzuola attorno, pensando. Quando il sole cominciò a sorgere, il cielo che ingrigiva per poi diventare di un perfetto rosa, avevo il mio piano in mente.

SULLY

. . .

«Che cazzo vuoi dire non c'è più?»

Ero sudato, stanco e sporco e tutto ciò che volevo fare era vedere mia moglie e affondarle dentro. Ma no. No, mia moglie aveva lasciato un biglietto in cui diceva che stava andando a Butte.

Butte!

Avevo lasciato Parker nella stalla con i cavalli mentre correvo a casa di Mason a riprendermi Mary. Ce ne stavamo in piedi sulla veranda ed io lanciai un'occhiata a sud come se avessi potuto vedere lei e quella maledetta città. Una volta che me la fossi riportata a casa, non avremmo mai più messo piede in quel posto. Merda.

Mason si grattò la testa, sembrando per metà furioso e per metà stranito. «È scesa per colazione, ha mangiato con noi come se tutto fosse stato a posto. Mi ha detto che le avevate lasciato da compiere il suo addestramento anale e che le serviva un po' di privacy.»

Non fui sciocccato del fatto che Mason sapesse del compito di Mary durante la nostra assenza. Ero sciocccato dal fatto che lei gliene avesse parlato. Per quanto fosse del tutto disinibita con me e Parker, era molto timida quando si trattava di condividere ciò che facevamo con chiunque altro. il solo sapere che Kane l'aveva sentita mentre me la scopavo l'altra mattina per lei era stato mortificante.

Tutti al ranch sapevano che scopavamo. Tutti al ranch sapevano che scopavamo con trasporto. Lo facevamo tutti. Sculacciavamo, succhiavamo, leccavamo e ci scopavamo le nostre mogli. Addestravamo perfino il loro ano perché una bella scopata nel culo non piaceva solamente a noi, ma anche alle nostre spose. Soprattutto piaceva a tutti scoparci la nostra sposa insieme.

Era una cosa che noi dovevamo ancora fare con Mary, ma avevo sperato di riuscire a farlo quel giorno. Ora non più.

Ora dovevo andarmene a Butte a riprendermi mia moglie.

«Ci siamo occupati degli uomini di Benson, gliene abbiamo rimandato indietro uno vivo con un messaggio.»

Un cavallo si avvicinò a noi lanciato al galoppo.

Parker saltò giù dalla sella prima ancora che l'animale si fosse fermato, scrutando la veranda coperta. «Mary è a Butte?»

«Merda, sì,» mormorai. Gli altri uomini che erano rimasti al ranch sapevano tutti che se n'era andata e uno di loro doveva averlo detto a Parker.

«Cazzo. Butte?» urlò Parker.

«Mason ci stava dicendo che lei gli ha raccontato che aveva intenzione di fare addestramento anale e che le serviva un po' di privacy. Quando è andato a controllare di nuovo come stesse, lei era sparita.»

Parker si immobilizzò, gli occhi sgranati. «Quella donna, quando la troveremo, scoprirà tutti i modi in cui possiamo allenare quel culo.»

Si rimise il cappello in testa e andò dal proprio cavallo, prendendone le redini.

«Quinn le è andato dietro. Una volta scoperto che se n'era andata, l'ha seguita. Ma è una città grande e non saprei dire se la troverà facilmente.»

«Oh, noi sappiamo dove trovarla,» mormorai. Feci i gradini due alla volta e praticamente corsi fino alla stalla.

12

Mary

«Sei sicura che dovresti farlo?» chiese la signorina Rose.

Mi trovavo ancora una volta nella cucina del Briar Rose seduta di fronte alla donna che era più una madre che una madama. Questa volta non ero più una vergine innocente, bramosa di un po' di stimoli. Una settimana con Sully e Parker mi avevano privata di ogni innocenza ed io ne ero felice. Adoravo tutto ciò che facevo con loro, tutto ciò che loro facevano a me, che mi ordinavano di fare a me stessa. Mi piacevano perfino quei dannati plug anali.

«È colpa mia se Sully è in pericolo. Non vuole essere un altro bersaglio, che sia di pettegolezzi, voci di corridoio o di proiettili. Vuole solamente... pace.»

«Non è colpa tua,» controbatté lei, mentre si alzava per riempirsi la tazza dalla caffettiera posta sui fornelli. Quando lo porse nella mia direzione, io scossi la testa. Ero già abbastanza agitata così. Dal piano di sopra ci arrivavano delle voci. Era primo pomeriggio e per quanto tutti fossero svegli, nessuno si muoveva troppo in fretta. Nora era scesa per una tazza di caffè, aveva salutato e se n'era andata. Il macellaio aveva consegnato una confezione di spezzatino per quella sera, ma a parte quello, avevamo la cucina per noi.

«Benson avrebbe dato la caccia a qualunque uomo avessi sposato.»

Mi accigliai. «Ciò non migliora per nulla le cose. Chiunque avessi sposato – se fosse stato Parker, piuttosto – sarebbe stato la nemesi di Benson.»

«Non pensi che Sully sappia difendersi?»

«Sì.» Entrambi i miei uomini erano in grado di difendere se stessi e me. «Ma per quanto siano andati a proteggermi da quegli... scagnozzi che ha inviato il signor Benson, ciò non risolve il problema. Lui continuerà semplicemente a mandarne altri fino a quando uno di loro non avrà fortuna e ucciderà Sully.»

Mi sentii male al solo pronunciare quelle parole.

La signorina Rose allungò una mano sul tavolo e prese la mia. «Li ami davvero, non è così?»

Io risi, ma con tristezza. «Li conosco da una settimana. Mi hanno tenuta nuda per quasi tutto questo lasso di tempo!»

La signorina Rose non sembrò inorridita, semplicemente divertita. «Cosa c'è che non va in questo? A me sembra una cosa romantica.»

«Romantica? Avete una vaga idea di che cosa mi hanno fatto?»

Lei sorrise e scosse la testa. «Oh, qualche idea ce l'ho. Sono sicura che adesso potresti insegnare tu qualcosina a Chloe.»

Ritrassi la mano e me le strinsi in grembo. «Già, immagino di sì. Ma amore? Non sono sicura che ciò che provo sia quello. Non voglio che accada loro nulla. Non voglio che nessun altro li abbia. Voglio... soddisfarli.»

La signorina Rose rise e sollevò la tazza come a farmi un brindisi. «Mary Sullivan, quello è amore.»

Sollevai lo sguardo su di lei, speranzosa. Era amore? Quella... necessità di occuparmi di loro, di dare loro ciò che desideravano? Loro avevano detto che era loro privilegio proteggermi e adesso capivo cosa intendessero. Era compito mio in quanto loro moglie proteggerli quando mi era possibile. Ciò che sapevo riguardo al signor Benson avrebbe potuto proteggere Sully. Io lo volevo. Avevo bisogno di lui. Di *entrambi*. Ma amore? «Davvero?»

«Tua madre, che la sua anima riposi in pace, ti avrebbe detto la stessa cosa. Tuo padre, be', lui è un uomo e un idiota.»

Parole molto sagge.

«Ed io devo affrontarlo. Che ore sono?»

«Le due e mezza.»

Mi alzai e portai la mia tazza al lavandino. «Tornerà a casa per le quattro, come al solito, ne sono certa. Per una volta, sono felice che sia tanto puntiglioso.»

«Fino ad allora, te ne starai seduta qui a raccontarmi dei tuoi uomini. Voglio sentire tutti i dettagli più osceni.»

PARKER

«Oh, voi due avete un bel da fare con quella vostra sposa.»

La signorina Rose se ne stava in piedi sulla porta sul retro del bordello, senza nemmeno permetterci di entrare.

«Ci lasci entrare e faremo sì che non dia da fare anche a voi,» le dissi io.

Avevamo cavalcato al galoppo da Bridgewater e ci eravamo diretti subito al bordello. Stranamente, era il suo rifugio in quella folle città e sapevo che sarebbe stata al sicuro lì. In qualunque altro posto, avevo dei dubbi. Tuttavia Benson non voleva lei. Be', voleva lei, ma solo se maritabile. Cosa che non sarebbe accaduta presto.

«Non è qui. Ecco perchè non vi sto facendo entrare. Vi sto facendo risparmiare tempo.»

«Merda,» imprecò Sully, camminando in cerchio. «È andata da Benson.»

Ero già pronto a correre a casa sua, alla sua miniera o dove cazzo fosse e staccargli la testa a mani nude. Se avesse posato un dito o anche solo avesse osato respirare addosso a Mary...

«Benson? No.»

Mi accigliai, confuso. «Allora dove cazzo è?»

La signorina Rose inarcò un sopracciglio delicato.

«Scusate il linguaggio, ma dobbiamo trovarla così da poterla sculacciare.»

A quel punto lei sorrise, facendo scorrere lo sguardo tra noi due.

«La porteremo al sicuro, *poi* la sculacceremo,» chiarì Sully.

«È andata a trovare suo padre,» disse la signorina Rose. «Lei sa qualcosa, signori. Si è rifiutata di dirmi cosa, ma era certa che avrebbe fatto sì che Benson vi lasciasse in pace.»

Ero così frustrato che avrei voluto strozzarla per la sua risposta, ma quella donna, diamine, ci vedevo Mary in lei. O lei in Mary. Testarda, caparbia, astuta. Fottutamente razionale.

«Allora perchè andare da suo padre? A quell'uomo non potrebbe importare meno di lei.»

Lei si mise una mano sul petto. Gli strati di balze bianche erano quasi accecanti alla luce del sole.

«Non aveva intenzione di dirmelo. Ma la casa di Millard è facile da trovare. Andate semplicemente a Granite Street. La sua è la più grande.»

―――――

MARY

«Salve, padre.»

Mio padre sollevò lo sguardo dal proprio giornale e spalancò gli occhi sorpreso. Indossava il suo solito completo nero, elegante e ordinato ad ogni ora del giorno. Aveva i capelli grigi ben pettinati, il doppio mento ancora coperto dal colletto della camicia. Seduto a quel modo nella sua solita poltrona, il suo fisico robusto era ancora più evidente. Forse era la mia percezione di lui ad essere cambiata, stando con Sully e Parker, due giganti ben muscolosi. «Mary.»

Il suo tono non fu né furioso né felice. Fu neutro, come al solito. Io non ispiravo affatto quell'uomo, non gli davo alcuna gioia. In effetti, l'unica volta in cui l'avevo visto mostrare una vera emozione nei miei confronti si era trattato della rabbia nello scoprire che mi ero sposata senza il suo consenso.

«Dov'è tuo marito? Non dirmi che ti ha abbandonata.»

Oh. Eccolo lì il Gregory Millard che conoscevo. Mi trovavo in piedi di fronte a lui proprio come avevo fatto per tutta la mia vita. Prima con una balia, con indosso la mia camicia da notte e la vestaglia a dargli la buonanotte. Poi più grande, con il mio insegnante a recitare ciò che avevo imparato quel giorno. Me ne stavo sempre coi piedi uniti, la

La sposa rubata

schiena perfettamente dritta, il mento sollevato, le mani strette di fronte a me.

Non era una posizione comoda. Era praticamente servile, ma mi era famigliare. Se dovevo affrontarlo, volevo trovarmi a mio agio, se non altro il più possibile. Ecco perchè avevo scelto quel momento della giornata. Lui leggeva sempre il giornale prima che venisse servita la cena alle cinque nella sala da pranzo. Non aveva riunioni, non aveva ospiti. Quello era il momento in cui leggeva le notizie. Nient'altro. Tranne quel giorno, in cui io l'avrei affrontato per la prima volta.

«Non pensavate che sarebbe rimasto più di una settimana? Sono un'ereditiera del rame, dopotutto. Se ricordo bene, mi avevate detto che ero la donna più ricca di tutto il Territorio.»

«Lo saresti ancora se non ti avessi eliminata dal mio testamento.»

Non avrei dovuto sorprendermi, ma fu così. Forse fu più per via della sua fretta nel liberarsi di me che per la sua spietatezza. Avevo sempre sperato che magari avrebbe cambiato modo di essere, che si sarebbe trasformato in un padre gentile e premuroso. Amorevole. Non sarebbe mai successo e dovevo farmene una ragione. Io avevo Sully e Parker e mi bastavano. Mi davano tutto ciò di cui avevo bisogno e non si trattava di nulla che si fosse potuto comprare coi soldi. Era amore.

«Allora è un bene che non sia qui per soldi.»

Lui ripiegò con attenzione il giornale e se lo posò in grembo. «Perchè sei qui? Ti sei trovata il tuo posto.»

Sì, sì, era vero. Ripensai alla nostra casa a Bridgewater, a Sully e Parker addormentati nel letto al mio fianco. Io nuda ed entrambi loro con una mano addosso a me, perfino nel sonno. Ero custodita e protetta, apprezzata... e sì, amata. Era solo che non avevo saputo cosa fosse l'amore prima di conoscere loro, prima che la signorina Rose mi avesse aiutata a vederlo per ciò che era realmente. Con un padre come l'uomo che avevo di fronte, non l'avevo mai saputo.

«Sono qui per il signor Benson.»

«Oh?»

«Siete al corrente della sua ragione per sposarmi?»

«Ma certo.» Sospirò. «Mary, gestisco la miniera di rame più grande del mondo. Le tue supposizioni denigrano la tua intelligenza, non la mia.»

I suoi insulti non erano molto velati, ma lasciai correre, dal momento che non aveva importanza per me. Per Sully. Per tutti e tre noi.

«Siete al corrente del fatto che la miniera Beauty Belle sia esaurita?»

Lui rise e scosse la testa, ammonendomi e rimproverandomi allo stesso tempo. «Esaurita? Impossibile.»

Non mi sarei fatta intimidire. «Allora perché il signor Benson voleva sposarmi?»

«Avevamo intenzione di fondere le due imprese minerarie per ridurre i dipendenti e migliorarne il rendimento. Non ci servono due stazioni mediche o due depositi di cibo se siamo un'unica organizzazione.»

Era una valida prospettiva d'affari e non potevo metterla in discussione.

«Quale stazione medica avreste chiuso?»

«La sua, dal momento che è più piccola.»

Annuii lentamente, rilassando le mani. Avevo ragione. Mio padre era scaltro, ma il signor Benson era più subdolo. «E quale deposito di cibo avreste chiuso?»

«Il suo, dal momento che si trova più lontano dal magazzino ferroviario. Costerebbe di meno trasportare le provviste in miniera.»

«E cosa ci avrebbe guadagnato il signor Benson da questo accordo?»

«A parte te?» Mi guardò dritta negli occhi, il suo sguardo

grigio penetrante.

«A parte me, che cosa ci avrebbe guadagnato il signor Benson dal vostro accordo d'affari?»

«Avremmo guadagnato entrambi il venti percento degli interessi della miniera altrui.»

Annuii come se mi fossi messa a riflettere sulle sue parole. Era chiaro come il sole, quantomeno per me. «E quando voi foste morto, chi avrebbe ereditato?»

«Se avessi sposato il signor Benson, tu.»

«Ovvero, avrebbe ereditato tutto lui dal momento che a una moglie non è permesso possedere nulla. Tutti i possedimenti terreni di una donna appartengono al marito. Direi che l'affare volge piuttosto in favore del signor Benson.»

«Ti spiace spiegare di nuovo il motivo delle tue insinuazioni?»

«Non sono insinuazioni, sono fatti.» Parlavo per sentito dire, ma non avevo intenzione di dirglielo. «La Beauty Belle è esaurita, il che vuol dire che voi otterreste il venti percento di niente. Per quanto riguarda il signor Benson, lui guadagnerebbe il venti percento della vostra miniera, il che è tantissimo. A voi non servono quote della sua impresa, dal momento che non siete in bancarotta e avete un utile piuttosto alto, ma con questo accordo, tutto ciò che perdereste è quell'interesse nella *vostra* impresa.»

«Come potresti sapere una cosa del genere? Chi te l'ha detto? Non puoi essere al corrente di questioni d'affari a questo modo!»

Mio padre gettò il giornale a terra, si alzò in piedi e si avvicinò a me. Il suo passo fu lento, dal momento che era terribilmente obeso e di certo aveva di nuovo la gotta infiammata.

«Dimenticate, Padre. Siete stato voi a farmi educare così bene.»

13

Mary

«Non credo ad una sola parola di quello che hai detto.» Il suo volto si chiazzò di rosso e lui usò il dorso della mano per ripulirsi la bava dal mento.

«Dovreste,» disse il signor Benson, entrando nella stanza.

Mi voltai a guardarlo, le gonne che mi si arrotolavano attorno alle caviglie.

«Benson! Avete sentito certe menzogne?» domandò mio padre.

Il signor Benson mi lanciò un'occhiata astuta. La rabbia oscura era ancora lì, nei suoi occhi, nella tensione della sua mascella, in ogni tratto del suo corpo. Vidi anche la scaltrezza che aveva tenuto nascosta tanto bene in passato. Non c'era più alcun trucco né falsa preoccupazione, per me o per mio padre.

Si chiuse la porta alle spalle, girando la chiave con un forte click. Io feci un passo indietro, sapendo che quell'uomo era pazzo ed io mi trovavo davvero in pericolo. Mio padre non se n'era ancora reso conto.

«In effetti, Gregory, tua figlia è molto astuta. La Beauty Belle è esaurita. Riesco ad estrarne a malapena quello che basta ogni giorno per pagarmi le bollette.»

Gli occhi di mio padre si spalancarono ed io mi preoccupai per la sua salute. Non l'avevo mai visto così arrabbiato, così fuori controllo. «Questo è assurdo. Guadagnate un milione al giorno!»

«Voi lo guadagnate,» controbattè Benson. «Io ci guadagno tanto quanto una puttana da quattro soldi sulla Broad Street. Avrebbe funzionato tutto, se non fosse stato per te.»

Lui portò l'attenzione da mio padre a me. Sapendo che l'accordo era saltato, che non avrebbe più posseduto una parte della miniera Millard, voleva vendicarsi.

Feci un altro passo indietro, le braccia alzate di fronte a me. «Voi non vi eravate dichiarato ed io ho conosciuto il signor Sullivan mentre mi trovavo a Billing. È stato molto romantico.»

«Romantico? Avete parlato di scopare sulla piattaforma della stazione.»

Mio padre indietreggiò, inciampando nel poggiapiedi. Una lampada barcollò, un piccolo orologio si ribaltò e cadde a terra.

«Lui è mio marito, signor Benson, mi è permesso avere... dei rapporti sessuali con lui.»

«Ma certo che sì. Tuttavia, lui non si trova qui? Mi piacerebbe sapere, dove si trova il Cecchino Sullivan?»

Sapeva chi era Sully, sapeva che gli uomini che aveva assoldato gli stavano tendendo un'imboscata per ucciderlo. Dovevo solamente avere fede nel fatto che Sully e Parker, e gli altri uomini di Bridgewater, fossero più abili di loro e in grado di vincerli in astuzia. Dovevo sperare che fossero tutti al sicuro.

Non mi ero aspettata che il signor Benson si sarebbe presentato a casa di mio padre. Avevo avuto intenzione di raccontare a mio padre del suo piano, di metterlo in guardia così che non l'avrebbe portato a termine. Semplice, davvero.

Non fosse che...

«Hai sposato il Cecchino Sullivan?» domandò mio padre, chiaramente stupito.

«Sì.»

«Ha sposato un uomo di Bridgewater,» gli disse Benson. «Sapete che cosa significa?»

Lanciai un'occhiata a mio padre. Avrei preferito che avesse saputo la verità da me piuttosto che dal signor Benson. Io ero orgogliosa di essere sposata con entrambi gli uomini. Non avrei sminuito la cosa facendola sembrare sporca. «Significa che sono sposata con il Cecchino Sullivan *e* con Parker Corbin. Due uomini. Ho sposato entrambi gli uomini del treno.»

Mio padre si immobilizzò, il volto privo di espressione. «Tu... Voglio dire... Non capisco.»

No, non avrebbe capito.

«Significa che il signor Benson vuole Sully morto. Se ciò dovesse accadere, io rimarrei vedova. Maritabile. Non gli servirebbe il vostro accordo d'affari per ottenere i soldi dei Millard. Io sono stata la chiave di tutto sin dall'inizio.»

«Sì, puttanella, hai rovinato tutto!» Il signor Benson assottigliò lo sguardo. La sua fronte era imperlata di sudore e cominciò a inseguirmi in giro per la stanza.

Mio padre cercò rifugio dietro la sua ampia scrivania.

«Rovinato tutto? Io non ho fatto niente. Ho vissuto la mia vita come volevo. Per una volta, non ho fatto ciò che mi imponeva mio padre, ciò che ci si aspettava da me. Mi sono sposata per amore, non con un uomo, ma con due. Loro mi amano e mi apprezzano, e sì, mi scopano. Ma è questo il matrimonio, non un *accordo*.»

Avevo il cuore che mi batteva forte nel petto e cominciai a tremare.

«Io volevo l'accordo d'affari, sì,» ammise mio padre. «Ma pensavo che il signor Benson fosse un buon partito per te. Chiaramente, mi sbagliavo.»

Il signor Benson sogghignò, i denti che luccicavano come il bianco dei suoi occhi.

«Il signor Sullivan è morto.» Le sue parole erano permeate di un'oscura veemenza. Era così sicuro di sé che la mia fiducia in Sully stava cominciando a vacillare. E se... «Mi sono occupato io di lui.»

No. Non poteva essere vero. Sully era troppo bravo ad essere... Sully. Aveva Parker con sé, e anche gli altri uomini di Bridgewater. Scossi lentamente la testa. «Vi sbagliate. Vi avevano tenuto d'occhio. Sapevamo che i vostri uomini stavano arrivando.»

«Quali uomini?» domandò mio padre, lasciandosi cadere sulla sedia della propria scrivania.

«Uomini assoldati per uccidere suo marito,» sbottò Benson.

«Con i vostri ultimi soldi?» gli chiesi. «Sono stati sprecati. Sully non è morto.»

«Sei una sciocca. Nessun uomo, nemmeno il Cecchino Sullivan, potrebbe sopravvivere agli O'Malley.»

Non ne avevo mai sentito parlare, ma non voleva dire molto. Non avevo mai nemmeno conosciuto la reputazione di Sully e lui era così gentile con me. Tranne che quando non lo era e mi gettava sul letto e... oh. Non potevo pensarci. Non in quel momento.

«Verrai con me fino a quando non avrò notizie ufficiali circa la sua morte. A quel punto ci sposeremo. Nessuna cerimonia in chiesa, un giudice di pace sarà sufficiente.»

«Non ho intenzione di venire con voi.» Indietreggiai contro un tavolino; una statuetta di porcellana cadde sul pavimento in legno e si ruppe.

La sua rabbia esplose. «Quel bastardo di Sullivan. Ti ha *rubata* a me! Tu sei mia. I tuoi soldi sono miei. Tuo padre non ci fermerà.»

Un suono terribile lacerò l'aria e ci voltammo tutti di scatto verso la porta. Era chiusa a chiave, ma in quel momento sbattè contro il muro intonacato con un forte tonfo, rimbalzandone poi via. Il telaio era scheggiato, distrutto.

Sussultai e trasalii, perfino il signor Benson fece un passo indietro.

Sully se ne stava, grande e grosso, sulla porta. La sua testa quasi sfiorava lo stipite superiore. Fece un passo nella stanza, pistola alla mano. «Suo padre potrà anche non fermarvi, ma lo farò io, cazzo.»

Dio, era così bello. Feci scorrere lo sguardo su ogni centimetro del suo corpo. Sembrava intatto, in salute. Perfetto. *Non* era morto. Euforia e sollievo mi fecero venire le vertigini.

Alle sue spalle comparve Parker, poi Kane. Loro tre erano così imponenti che la stanza mi sembrò improvvisamente piccola. Ma il signor Benson era disperato e fu rapido.

Mi afferrò per un polso e mi attirò a sé. Il forte odore del suo tonico per capelli era nauseante. Con un braccio avvolto attorno alla mia vita, mi chiuse una mano attorno al collo. Strinse. La sua presa era forte, leggermente troppo. Riuscivo a respirare, ma a malapena. Spalancai gli occhi e gli artigliai la mano con le dita. Venni colta dal panico. Sully e Parker avevano lo sguardo severo fisso su Benson, ma non si avvicinarono ulteriormente.

Perché non mi stavano aiutando? Che lo prendessero! Che facessero *qualcosa*. Ansimando, io mi dimenai e cercai di divincolarmi dalla presa di Benson, il che lo fece ridere, un suono maniacale.

«Oh davvero? Una mossa e lei è morta.» La sua mano mi strinse un po' più forte ed io emisi un gemito strozzato. Affondai le unghie nella sua mano, nel suo polso, ma lui era forte.

Sully sembrava più che furioso, ma io non riuscivo a concentrarmi su niente e nessuno. Non più. Solamente sulla presa del signor Benson che si stava stringendo.

«Lasciala andare,» disse Sully. Non avevo mai sentito la sua voce così arrabbiata. «Mi vuoi morto così da poterla sposare. Non ha valore, per te, morta. E poi, non puoi uccidere me se stai tenendo lei.»

La mano del signor Benson allentò leggermente la presa ed io riuscii a respirare. Presi fiato, rilassandomi leggermente nella sua presa. Sembrava stupido non opporre resistenza, ma ero troppo interessata a riprendere fiato.

«È un inizio,» gli disse Sully.

«Hai la pistola puntata contro di me, Cecchino. Non sono tanto stupido da lasciar andare tua moglie. Mi spareresti e basta.»

Sully allontanò le mani dai fianchi, camminò lateralmente fino ad un tavolino e vi appoggiò la pistola. «Ecco. Non ti sparerò.»

Il signor Benson allentò ancora di più la presa.

«Benson!» esclamò mio padre.

L'uomo si voltò istintivamente verso di lui e, mentre lo faceva, si allontanò di mezzo passo da me.

Un suono assordante mi fece trasalire e coprire le orecchie.

La voce di mio padre fu piatta. «Non ti sparerà lui, ma io.»

La pistola di mio padre fumava ed io ci misi un po' a comprendere che aveva sparato al signor Benson. Quando quel concetto divenne chiaro nella mia mente confusa, l'uomo cadde a terra, rigido, teso. Morto.

«Cazzo,» borbottò Parker.

Sully divorò la distanza tra noi due e mi attirò tra le sue braccia. Sentii il battito del suo cuore contro la mia guancia, percepii il suo calore. Seppi che era vivo. Mi stava dando dei baci sulla testa, stringendomi così forte che riuscivo a malapena a respirare, ma questa volta non mi importava.

Avevo le orecchie che fischiavano per via di quel singolo sparo, ma sentii Parker parlare.

«Siete pazzo? Avreste potuto ucciderla!»

«Posso anche essere vecchio,» replicò mio padre. «Posso anche essere un bastardo quando si tratta di mia figlia, ma ho un'ottima mira. Quell'uomo ha minacciato Mary e meritava di morire.»

Sollevai la testa e guardai mio padre. Non mi aveva mai detto una sola volta di volermi bene. Non mi aveva mai abbracciata, non mi aveva mai detto di essere fiero di me. Nulla. Ma il fatto che avesse ucciso il signor Benson dimostrava che da qualche parte nel suo cuore gli importava di me.

«Padre...»

Lui scosse la testa, posando la pistola sulla scrivania. Kane ne fece il giro e gliela portò furtivamente via. Dubito che mio padre si fosse perfino reso conto di aver effettivamente ucciso un uomo. Era sotto shock tanto quanto me, forse anche di più. Non solo aveva scoperto che sua figlia era scappata per infilarsi nel letto di uno sconosciuto, ma aveva scoperto anche che il suo socio in affari era un uomo privo d'onore e intendeva compiere diversi omicidi.

Si era sbagliato. Era stato raggirato. Non mi aspettavo una scusa né nient'altro da parte sua. Ma avrei potuto dargli io qualcosa.

«Vi ringrazio, Padre. Grazie per avermi salvata.»

La sposa rubata

Sollevai lo sguardo su Sully. I suoi occhi erano così carichi di emozioni. Rabbia, furia, timore, desiderio e angoscia.

«Andiamo a casa,» gli dissi.

Lui annuì, poi ci fece voltare verso la porta. Dubitavo che mi avrebbe lasciata andare molto presto. E a me stava bene così.

«Mary,» mi chiamò mio padre. Kane se ne stava ancora in piedi accanto alla sua scrivania, probabilmente per assicurarsi che non facesse nient'altro di avventato. «Mi dispiace.»

Sully mi trascinò fuori dalla stanza e lungo il corridoio. Mi chiesi se sarebbe stata l'ultima volta che mi sarei trovata in quella casa, se mio padre si fosse sbarazzato di me una volta per tutte, ma non me ne sarei preoccupata in quel momento. Ora avrei trovato quella pace e tranquillità con Sully e Parker.

14

$\mathcal{S}$ULLY

CI ERANO VOLUTE TRE ORE PER CHIAMARE LO SCERIFFO, ispezionare il corpo di Benson e farci interrogare circa l'incidente. I soldi e lo status sociale dei Millard ci avevano aiutati e nessuno era stato mandato in prigione prima di venire interrogato. Per quanto suo padre potesse essere uno stronzo, si era assicurato che Mary venisse tenuta fuori e lontana dal corpo, così come che fosse stata la prima a raccontare all'agente com'erano andate le cose. Io, Parker e Kane eravamo stati ascoltati dopo di lei, e in fretta, anche, dal momento che Millard insisteva sul fatto che Mary avesse già subito abbastanza ed io dovessi portarmela a casa. Disse che si sarebbe fatta cogliere da una crisi isterica per via di quelle disavventure. Per quanto dubitassi che avrebbe avuto un attacco simile, ciò dimostrava che a quell'uomo importasse se non altro un pochino di lei.

Ci erano volute altre tre ore per tornare a cavallo a

Bridgewater. Lei mi era stata seduta in braccio per tutto il viaggio, ma era rimasta in silenzio, addormentandosi perfino con la guancia contro il mio petto. Io mi ero calmato durante il tragitto, trovandomi sempre più a mio agio man mano che ci allontanavamo da Butte, tenendola tra le mie braccia. Al ranch, tutto era tranquillo e Mary era al sicuro. A meno che non fosse di nuovo scappata via con qualche idea strampalata in testa. Prima che fosse terminata la giornata, io e Parker ci saremmo assicurati che non avrebbe mai più fatto una cosa del genere.

In piedi fuori dalla porta d'ingresso, mi godetti il panorama tranquillo – enormi distese d'erba che ondeggiavano nella brezza leggera, con le montagne innevate in lontananza. Gli unici rumori che si riuscivano a sentire erano i versi delle cavallette e il vento.

Mentre Mary entrava in casa mano nella mano con Parker, seppi di trovarmi esattamente al mio posto. Ero con la mia famiglia. Sposando Mary, eravamo diventati proprio ciò che avevo sempre desiderato. Presto, avremmo allargato ulteriormente la famiglia. Volevo vedere il ventre di Mary gonfiarsi con un bambino. *Il mio*. Il nostro.

Molto possessivamente, portammo la nostra sposa direttamente nella stanza da bagno. Mentre io cominciavo a riempire la vasca di acqua proveniente dalla cisterna scaldata dal sole, Parker la aiutò a togliersi i vestiti. Quando si fu tolta l'abito, le feci notare che non indossava la sottogonna nè le mutande. Mi faceva piacere che avesse seguito quella regola anche quando noi eravamo andati via.

A quel punto la lavammo, con me e Parker inginocchiati ai lati della vasca, utilizzando il sapone e le nostre mani per togliere la sporcizia di quella giornata.

«Perchè siete così gentili con me?»

«Dovremmo affogarti?» domandò Parker, passandole uno straccio bagnato sulla spalla pallida.

Lei abbassò lo sguardo sull'acqua. Non c'erano bolle, solamente il profumo di rose proveniente dalla saponetta che tenevo in mano.

«Pensavo che ve la sareste presa.»

«Io ero furioso,» ammisi. «Il viaggio fino a casa ha placato la rabbia.»

Non ero solamente stato arrabbiato. Ero stato frustrato, spaventato e... cazzo, avevo provato così tante emozioni. Quando eravamo entrati nella casa di Millard e avevamo sentito lo schianto in fondo al corridoio, avevamo seguito il suono delle voci alte. C'erano più di due persone in quella stanza chiusa a chiave, il che significava che non si trattava di una semplice discussione padre-figlia. Nostra moglie, nell'inevitabilmente breve tempo in cui l'avevamo conosciuta, non era mai stata il tipo da fare capricci e dubitavo che avesse iniziato in quel momento. Avevo lanciato una breve occhiata a Parker e lui aveva annuito, la mascella tesa. C'era solamente una porta a separarci da Mary. Sollevando una gamba, le avevo tirato un calcio giusto accanto alla maniglia, costringendo il legno a infrangersi attorno al chiavistello robusto.

Ciò che ci eravamo trovati davanti quando la porta si era aperta di scatto... cazzo.

«Avevamo così tanta paura che ti sarebbe successo qualcosa. Poi Benson-»

Parker non disse altro, si limitò a far piegare la testa a Mary così da poterle lavare i capelli. In quella posizone, riuscivo a vedere che sul suo collo non c'erano segni dell'attacco.

«Meglio?» le chiese Parker, strizzando via l'acqua dalle lunghe ciocche quando ebbe finito.

A me era bastato guardarli.

Lei annuì e ci rivolse un sorriso. «Molto.»

«Bene, allora è arrivato il momento di punirti,» dissi io

La sposa rubata

mentre mi alzavo, afferrando un asciugamano dallo sgabello lì vicino.

«Punirmi?» domandò Mary, sollevando lo sguardo su di me e aggrottando la fronte.

Era perfetta. Intatta. Illesa. I suoi capelli le ricadevano umidi e scompigliati su una spalla. Le sue guance erano di un rosso acceso, molto meglio di prima quando era stata pallida per lo shock. Sotto la superficie dell'acqua, il suo corpo era così chiaro e florido. Aveva i capezzoli gonfi e pieni e, più in basso, riuscivo giusto a intravedere il luccichio dei riccioli bondi sopra la sua figa. Morivo dalla voglia di affondare nel suo corpo, di perdermi dentro di lei. Quando Parker si alzò, si sistemò l'uccello nei pantaloni ed io seppi che si sentiva allo stesso modo. Era il momento di prenderla insieme, di rivendicarla del tutto. Ma ciò doveva attendere.

«Perché dovrei essere punita?»

Io tenni aperto l'asciugamano e, dopo che Parker l'ebbe aiutata a uscire dalla vasca, glielo avvolsi attorno. Lei ne afferrò le estremità e se le incrociò sul petto, ma il tessuto si bagnò subito e si appiccicò alle sue curve.

«Perché?» domandò Parker. Si spogliò, poi entrò nella vasca. «Il tuo bigliettino diceva solamente che eri andata a Butte. Butte! Non sapevamo dove fossi e siamo dovuto andare in un bordello per cercarti. Tra tutte le donne nel Territorio, tu dovresti essere la prima a sapere che genere di uomini frequentano quei posti.»

Afferrò una saponetta inodore e si sfregò il corpo.

«Sono stata al sicuro ogni volta che ci sono andata in passato,» controbatté lei, guardando le mani di Parker al lavoro. «Fino a quando non vi ho sposati, a Butte ci ho vissuto. Non sono mai andata in giro con un accompagnatore una volta finita la scuola.»

«In passato, non eri sposata con noi e non ti trovavi sotto la nostra protezione,» aggiunsi io, spostandomi per sedermi sulla panca sotto la finestra per togliermi gli stivali. «Andare in un bordello da sola non è stata la tua unica indiscrezione. Hai viaggiato fino a Butte da sola, poi sei andata ad affrontare tuo padre. Di nuovo, da sola! Eri impreparata alle conseguenze peggiori.»

Parker si alzò e uscì dalla vasca. Prese un altro asciugamano e cominciò ad asciugarsi.

«Hai la minima idea di cosa ti sarebbe potuto succedere già solo durante il viaggio fino in città?» Parker posò l'asciugamano su un gancio ad asciugare e si mise le mani sui fianchi. Non cercò i propri abiti. Non gli sarebbero serviti in camera da letto. «Avresti potuto essere sbalzata da cavallo. Un morso di serpente a sonagli. Dei fuorilegge!»

A me non piaceva tanto l'acqua già usata, ma volevo levarmi lo sporco di dosso prima di scoparmi Mary ed ero di fretta. Entrai rapidamente in vasca e mi lavai.

«Nemmeno io sapevo dove foste *voi* quando ve ne siete andati, e siete spariti per giorni,» controbatté lei, le sue parole cariche a sua volta di rabbia. «Siete andati insieme ad altri, ma volevate affrontare dei fuorilegge. Fuorilegge! Quelli hanno delle armi. Io sono andata solamente a vedere mio padre. Mio *padre*.»

«Tuo padre è uno stronzo e conosce persone spietate,» dissi io, sciacquando via il sapone. Fu un bagno veloce: solamente una sciacquatina in un ruscello gelato sarebbe stata più rapida.

«Siamo entrambi uomini dell'esercito,» le disse Parker. «Così come tutti gli altri uomini di Bridgewater. Sappiamo come sparare, come combattere il nemico. Escogitare un piano in base alle varie possibilità, agli esiti negativi. Diamine, perfino in caso di alluvione. Era il nostro lavoro. Proteggere gli innocenti *e* combattere il nemico e ciò per cui siamo stati tutti addestrati. Non stavamo andando incontro agli uomini di Benson alla cieca. Noi eravamo in sei e chi era rimasto con te conosceva il piano, sapeva dov'eravamo.»

Uscii dalla vasca e mi asciugai.

«Io ero ben armata,» protestò lei. Aveva sollevato il mento e adesso il colorito nelle sue guance non era dovuto al bagno. «Avevo la verità dalla mia parte. Una dura realtà riguardo al signor Benson che mi avrebbe garantito che mio padre non avrebbe fatto affari con lui. Che mi avrebbe assicurato che il signor Benson non avrebbe voluto avere nulla a che fare con me. Ero *libera*.»

«Perché non ci hai detto di questa dura realtà?» domandai io. Quando aveva raccontato la sua versione dei fatti allo sceriffo, avevamo scoperto della miniera di Benson e del motivo per cui avesse voluto tanto disperatamente sposare Mary. «Avremmo potuto accompagnarti da tuo padre.»

«L'ho scoperto da Chloe, ma voi due mi avete depilato la figa e infilato il plug nel culo subito dopo. Mi sono distratta e me ne sono dimenticata fino a quando non ve ne siete andati.»

«Sarai distratta di nuovo. Subito. Lascia cadere l'asciugamano.»

Mary fece come Parker le aveva ordinato, lasciando che il telo umido sivolasse a terra. Non c'era modo che potesse non notare i nostri cazzi duri, per quanto fossero sempre tali con lei nei paraggi e ci si fosse abituata.

Lui le prese la mano e la condusse in camera da letto. Io li seguii, godendomi la vista del suo culo perfetto che ondeggiava mentre camminava, perfino le piccole fossete poco sopra.

«Ecco cosa succederà,» proseguì Parker, andando al comò e prendendo un plug dalla scatola di legno in cui li tenevamo, poi il vasetto di unguento. «Ci mostrerai come riesci a infilarti il plug nel culo, perché se sei stata una brava ragazza, l'avrai fatto mentre noi non c'eravamo. Poi noi ti sculacceremo e tu *non* verrai.»

«Sappiamo quanto ti piace farti sculacciare e sappiamo quanto ti piace avere qualcosa nel culo. Non è decisamente una punizione, per te,» aggiunsi io.

«Mi negherete il mio piacere?» chiese lei.

«A quel punto saprai come ci siamo sentiti, quando abbiamo scoperto che eri sparita. Frustrati, fuori controllo. Vogliosi.»

«Poi ti rivendicheremo, Sully nella tua figa e io nel tuo culo.»

Ce ne restammo lì in piedi, attendendo pazientemente che Mary venisse a patti col suo destino. Il plug sarebbe entrato nel suo culo – dovevamo assicurarci che fosse veramente pronta a prenderci insieme – e sarebbe stata sculacciata.

«Ti piacerebbe una sculacciata di riscaldamento prima del plug?» le chiese Parker.

Tra noi due, io ero quello più autoritario. Mary veniva da me quando voleva farsi scopare contro un muro o sul tavolo della cucina, una sveltina violenta e rapida. Quando voleva una cavalcata più delicata, trovava Parker, e si cavalcava il suo uccello o stringeva la testiera del letto mentre lui la teneva premuta contro il materasso e se la prendeva. *Lui* era quello più dolce, quello che la tranquillizzava. In quel momento, però, dopo ciò cui avevamo assistito quel giorno, sarebbe stato Parker ad assicurarsi che avesse imparato la lezione.

Stringendo le labbra, lei ci guardò entrambi, guardò il plug nella mano di Parker, poi sospirò. Prese l'oggetto rigido e salì sul letto. Parker vi si sedette sul bordo e svitò il tappo del vasetto, mentre lei si posizionava sulla schiena.

«Preferirei che lo faceste voi,» ammise lei. Non era una ragazzina per bene. Non faceva la verginella nè si

La sposa rubata

imbarazzava delle cose carnali che facevamo assieme. Diceva la verità. Le piaceva avere il plug nel culo e le piaceva quando assumevamo noi il controllo. Ciò di cui non si rendeva cnto era che quando se lo metteva dentro da sola, noi avevamo decisamente il controllo della situazione.

Posandole una mano sul ginocchio, Parker la allargò e Mary lasciò cadere le gambe aperte. La sua figa perfetta fu messa in mostra.

Me ne stavo in piedi al fondo del letto, le mani che stringevano la ringhiera della pediera mentre guardavo. Fu quasi impossibile non salire sul letto e affondare semplicemente dentro di lei. Era bagnata, riuscivo a vedere le sue labbra lucide e umide. Sarebbe stata così calda, così morbida e mi si sarebbe avvolta attorno al cazzo in maniera così perfetta, il suo corpo che mi mungeva fuori il seme dai testicoli mentre veniva.

«Mentre eravamo via, ho pensato a te qui nel nostro letto, che usavi questo plug tutta da sola,» le disse Parker. «È stato difficile infilarti dentro quello più grande?»

«Inizialmente. Ci è solo voluto un po',» ammise.

Parker gemette. «Pensare a te qui, che traevi dei respiri profondi mentre te lo spingevi dentro lentamente. Verrò al solo pensiero. Ora ci mostrerai esattamente come hai fatto.»

15

Doveva essersi resa conto che la cosa ci avrebbe fatto piacere, o che aveva potere su di noi col proprio corpo, perchè prese due dita e ricoprì il plug di lubrificante. Tirando indietro le ginocchia verso il petto, mise il plug in posizione, premendoselo contro l'ano.

Avrebbe potuto bussare qualcuno alla porta. Diamine, avrebbe anche potuto abbattersi un tornado sulla casa portandosela via e né io né Parker ce ne saremmo accorti. Il solo guardare Mary riempirsi con quel plug, cazzo. Non ci entrò facilmente, ma Mary respirò per tutto il tempo, spingendolo dentro per poi tirarlo fuori, e poi spingere di nuovo fino a quando non la allargò del tutto, finendo poi al suo posto.

Lasciò cadere i piedi sul letto e sospirò. Io la fissai. Si era presa il plug più grande, il che significava che era in grado di prendersi i nostri cazzi. Avremmo potuto rivendicarla come nostra... finalmente.

«Brava ragazza,» disse Parker una volta che ebbe finito. Testò il posizionamento del plug e lei gemette. Il rossore si diffuse dalle sue guance lungo il collo e fino ai seni. Un leggero velo di sudore le ricopriva la pelle. Soddisfatto, lui picchiettò leggermente il plug, facendola sussultare. «Alzati vicino al bordo del letto. Piegati in avanti e appoggiati sugli avambracci.»

Lentamente, lei si spostò e scese dal letto. Una volta in piedi, Parker prese un cuscino e lo mise sul bordo così che quando lei si chinò in avanti, quel supporto in più le sollevò il sedere in aria nella posizione perfetta.

Aveva le guance rosse, i capelli mezzi asciutti che le si arricciavano selvaggi sulla schiena. Aveva i capezzoli induriti e gli occhi carichi di desiderio.

«Abbiamo sposato una cattiva ragazza,» commentò Parker, accarezzandosi l'uccello. «Le piace quel plug nel culo, Sully. Sei pronta per avere il mio cazzo a rivendicarti lì?»

Mary lanciò un'occhiata alla stretta presa di Parker sul suo uccello, a come se lo stava menando, spargendo la goccia perlata di liquido sulla punta con bramosia. Piagnucolò. «Sì.»

Parker si alzò e le accarezzò la pelle liscia con una mano. Io feci il giro e vidi il manico del plug che le allargava le natiche, la sua figa direttamente al di sotto in bella mostra. «Allora facciamo diventare questo culetto bello rosso, prima.»

Con una mano sulla sua schiena, Parker la guidò finchè non fu nella posizione giusta.

Gemetti, cazzo in mano. Mi si ritrassero i testicoli ed io mi strinsi la punta spessa dell'uccello per impedirmi di venire al solo guardarla. «Sei così bella, dolcezza. Adoriamo il fatto che tu sia una ragazza così cattiva. La *nostra* cattiva ragazza.»

La mano di Parker le prese una natica prima di sollevarsi. Lei si irrigidì, sapendo cosa sarebbe successo, ma trasalì comunque quando il suo palmo fece contatto. Comparve subito l'impronta di una mano, di un rosa acceso sul bianco della pelle.

«Parker!» esclamò, lanciandoci un'occhiata da sopra la spalla. Aveva le mani strette attorno alle coperte.

Lui sogghignò. «Ti piace, vero?»

Lei assottigliò lo sguardo e lo fissò male. «Sì, e tu lo sai.»

Lui la sculacciò di nuovo, nel punto bianco che praticamente stava implorando di farsi colorare. «Fattelo piacere quanto ti pare, ma non venire.»

Parker si mise all'opera, a quel punto, sculacciandola lentamente, ma con metodo.

«Quanto le piace?» chiesi io. Parker spostò la mano ed io insinuai immediatamente le dita tra le sue labbra. Riuscivo a vedere che erano bagnate, ma sentire quel calore umido, facendole scivolare due dita dentro e trovandomi i suoi muscoli che mi si stringevano attorno fu quasi troppo da sopportare. Mary gemette e gettò indietro la testa con palese necessità, ma non potevo cedere. C'era una lezione che doveva imparare, prima, per cui ritrassi la mano.

«Sta gocciolando,» dissi, la voce roca di desiderio.

«Vi prego,» annaspò Mary.

Parker le diede un'altra sculacciata. «Che cosa vuoi?» le chiese.

«Voi.»

Quella parola. Dio, quella parola. Era spietata e dolce, allettante e perfetta. Forse Parker era più risoluto di me, perchè le disse, «Non ancora.»

La sculacciò ancora un po' e divenne presto chiaro che Mary fosse al limite. Avrebbe potuto venire già solo per le sculacciate, per quanto il plug nel suo culo di certo stesse dando una mano. Il suo corpo era così sensibile, così reattivo nei nostri confronti. Voleva *tutto* ciò che le facevamo.

«Io... ne ho bisogno. Non posso trattenermi-»

Parker allontanò la mano. «Puoi. Lo farai. Non puoi venire.»

«Perché?» urlò lei. Delle lacrime le scesero lungo le guance. Aveva i capelli per la maggior parte asciutti, ormai, e le si erano incollati al viso e alla schiena in una matassa di sudore.

«Hai bisogno di noi?»

«Sì!»

«Sei frustrata?»

A quel punto Mary singhiozzò, provò a voltarsi, ma io le posai una mano sulla schiena. Eravamo al culmine della nostra lezione, ormai, ed era arrivato il momento di farle sapere che io vi ero coinvolto tanto quanto Parker. Era stato lui a sculacciarla, ma qui si trattava di tutti noi.

«Certo che lo sono. Non mi lasciate venire!»

«È così che ci siamo sentiti noi, dolcezza, quando ci hai lasciato quel biglietto,» dissi. «Quando abbiamo capito che te n'eri andata da sola. Eravamo così frustrati.»

«Avevamo bisogno di te e tu non c'eri,» aggiunse Parker.

«Eravamo fuori controllo. Impotenti. Disperati.»

Lei a quel punto si accasciò sul letto, piangendo. «Mi dispiace.»

Mi sedetti accanto a lei, il letto che sprofondava, e me la attirai in grembo. Lei sussultò quando il suo sedere arrossato venne a contatto con le mie cosce, ma mi avvolse le braccia attorno al corpo e pianse.

Parker si sedette accanto a noi, accarezzandole i capelli.

«Ero stata tagliata fuori. Messa da parte.» Le sue parole furono difficili da distinguere tra le lacrme, per cui mi limitai a stringerla a me e a farle scorrere una mano sulla schiena fino a quando non si fu calmata un po'.

«Dicci tutto,» la spronò Parker.

«Siamo andati al bordello per mio suggerimento e voi vi siete fidati della mia destinazione. Non eravamo ancora sposati, all'epoca, ma mi ero sentita inclusa nel processo decisionale. In *noi*. Ma con gli uomini del signor Benson, mi avete semplicemente lasciata indietro.»

«Era pericoloso,» dissi io. «Non verrai mai messa in pericolo, mai. Non cederemo su questo punto.»

«Sì, ma mi piaceva farmi coinvolgere. Per quanto quegli uomini dovessero essere gestiti, la soluzione era semplice. Una che avrei potuto portare a termine io assieme a voi.»

Le preoccupazioni di Mary erano valide. Per quanto non saremmo mai scesi a compromessi circa la sua sicurezza, era astuta e avrebbe dovuto essere coinvolta in qualunque problema ci fossimo trovati ad affrontare. Insieme.

Parker mi lanciò un'occhiata. Riusciva a leggermi nel pensiero, a quanto pareva, perchè disse, «Allora dobbiamo comunicare meglio. Dobbiamo includerti nelle nostre conversazioni circa le attività che potrebbero risultare pericolose.»

«Ciò non significa che tu *parteciperai* a tali attività,» chiarii.

«In cambio,» aggiunse Parker, sollevandole il mento così che incrociasse il suo sguardo. «Tu non te ne andrai mai più via da sola a quel modo. Come abbiamo detto, hai lasciato un biglietto, ma non era un viaggio che nemmeno gli uomini di Bridgewater avrebbero affrontato da soli, e mai senza una pistola.»

«D'accordo,» rispose Mary. «Mi dispiace. Mi dispiace davvero. Capisco perché foste tanto arrabbiati, perchè sono stata punita.»

Le diedi una bacio sulla testa, inalando il profumo di rose. «Più tardi, ti scuserai anche con Kane.»

Lei annuì, la sua testa che si scontrava con le mie labbra.

Parker si alzò ed io mi chinai in avanti, spingendo Mary sulla schiena e restando sopra di lei.

Osservai il suo volto rigato dalle lacrime, i suoi occhi così chiari e azzuri. La sua pelle era ancora arrossata, la sua eccitazione solamente smorzata, non svanita. «Ora, hai detto che ti serviva qualcosa da parte nostra?»

La passione divampò nel suo sguardo e un sorriso radioso le si aprì sul volto. Scosse la testa, il che mi fece accigliare.

«Non ho bisogno di qualcosa *da parte* vostra. Ho bisogno solamente di te.» Sollevò una mano verso Parker. «E di te.»

«Hai tutti i soldi del mondo eppure vuoi qualcosa privo di valore e che ti viene concesso gratuitamente,» mormorai io. «Mi sorprendi.»

Lei sollevò una mano e mi accarezzò i capelli, prendendomi la nuca. «Privo di valore? Io penso che ciò che abbiamo, ciò che condividiamo, non abbia prezzo.» Voltò la testa e guardò Parker. «Sono pronta.»

Lui si accucciò accanto al letto. «Sì, lo sei. Sei pronta per i tuoi uomini.»

«Sei nostra, Mary,» aggiunsi io. «È arrivato il momento di rivendicarti. Insieme.»

16

Mary

Il mio corpo formicolava tutto. Avevo il culo in fiamme che pulsava per via delle sculacciate di Parker. Non ci era andato piano, dal momento che non l'aveva fatto per gioco. Era stata una punizione, pura e semplice. A prescindere, il mio corpo reagiva comunque, voleva comunque di più, era comunque affamato. Mi *piaceva* quando ci andavano pesante. Mi *piaceva* quando mi sculacciavano. Mi *piaceva* quando mi mettevano le dita dentro. Non mi piaceva non essere in grado di venire. Ci ero andata così vicina, ma in qualche modo l'avevano capito, avevano percepito che ero arrivata al limite e si erano fermati. Più e più volte ero stata stuzzicata con quel brillante piacere, ma mi era stato negato.

Mi ero sentita agitata, disperata, fuori controllo e così maledettamente frustrata. Capivo come si erano sentiti, quando avevo lasciato il biglietto e me n'ero andata a Butte. Sì, erano iperprotettivi e dominanti, ma io ero stata incosciente. Non volevo più sentirmi a quel modo, non volevo più che *loro* si sentissero a quel modo.

Con Benson morto... rabbrividii. Era malvagio ed io non riuscivo a credere che mio padre gli avesse sparato. Forse quell'uomo aveva qualcosa di più, forse noi due avevamo qualcosa in più di quanto avessi mai saputo, ma quello non era il momento di scoprirlo.

Quello era il momento di stare con Parker e Sully. Insieme. Avevo continuato ad allargare e allenare il mio ano per i loro cazzi e con il plug più grande dentro di me in quel momento, sapevo di poterli accogliere. Volevo prenderli entrambi.

Ne avevo *bisogno*. Avevo *bisogno* di loro.

C'era una cosa sola che potessi dire, l'unica parola che non vedevano l'ora di sentire. «Sì.»

Con quella flebile parola, venni sollevata e spostata sul letto come se non fossi pesata nulla. Sully si sdraiò sulla schiena, la testa sui cuscini, il suo corpo disteso come se me lo stesse offrendo. Un'offerta che ero più che felice di accettare.

Mi si contrasse la figa dalla necessità di farmi riempire da quell'enorme cazzo. Del liquido trasparente fuoriusciva dalla fessura e scendeva lungo la vena spessa che pulsava sull'erezione. Mi inginocchiai sul letto, Parker un corpo duro e caldo alle mie spalle. Mi prese i seni tra le mani e fece scorrere i pollici sui miei capezzoli mentre io sbavavo sul cazzo di Sully. Ne avevo bisogno. Avevo bisogno di assaggiare quella goccia perlata, sentirlo caldo e spesso nella mia bocca.

Glielo dissi.

Gli occhi di Sully si fecero ancora più scuri e dentro di essi divampò una fiammata di passione.

Le mani di Parker mi lasciarono andare ed io mi chinai in avanti, afferrando il cazzo di Sully in una mano per poi far saettare fuori la lingua e assaggiarlo, assaggiare la sua essenza. Salata e pungente, mi ricoprì la lingua e io ne volli ancora. Quella piccola goccia era per me. Tutta per me. Aprendo bene la bocca, ci infilai dentro la sua punta larga e la succhiai. Il corpo di Sully si tese e lui imprecò tra i denti.

Non riuscivo a vedere cosa stesse facendo Parker, ma sentii il letto inclinarsi. Mentre prendevo un po' più di Sully in bocca, percepii le mani grandi di Parker sulle cosce, che insistevano nel farmi allargare le ginocchia. Non c'era modo che potessi prendere tutto il cazzo di Sully in bocca, per cui cominciai ad accarezzarne la lunghezza con la mano mentre sollevavo e abbassavo la testa. Lui mi intrecciò le dita tra i capelli, tenendomi ferma. Stavo facendo qualcosa di giusto.

Quando sentii la lingua di Parker sulla figa, che mi leccava la fessura per poi risalire sul clitoride, gemetti. Il che, ovviamente, fece gemere Sully.

«Fallo di nuovo, Parker,» disse Sully. «Qualunque cosa tu abbia fatto, i suoi gemiti mi riverberano nel cazzo.»

Parker mi leccò il clitoride, poi lo succhiò dentro la bocca. Io gemetti di nuovo e Sully grugnì.

«È talmente bagnata per via della sculacciata che la sto semplicemente ripulendo con la lingua. Così possiamo sporcarla di nuovo.» Forse furono le parole di Parker, o forse fu il fatto che stessi spingendo Sully tanto vicino al limite, ma lui mi strattonò delicatamente i capelli, sollevandomi dal suo uccello.

«Voglio avere il cazzo affondato nella tua figa quando verrò. Salimi su a cavalcioni.»

Parker mi diede un'ultima leccata, poi un bacio sull'interno coscia prima di raddrizzarsi.

Sollevai una gamba sul suo ventre piatto, con le mani posate sul suo petto per tenermi in equilibrio. La calda sensazione della sua pelle, il morbido solletichio dei suoi peli in quel punto, mi resero consapevole di quanto fosse grande.

La sposa rubata

Tutto maschio. Era virile e pericoloso. Potente e possente. Eppure io l'avevo ridotto a dei gemiti di piacere con la mia bocca sul suo cazzo.

Potevamo ridurci entrambi al nostro essere più basilare, persi solamente in ciò che faceva l'altro. Bramavamo, desideravamo, concedevamo.

Sollevandomi, mi alzai sul suo uccello e mi risistemai giù, quella deliziosa punta che si insinuava contro la mia apertura. Ero bagnata e scivolosa e così impaziente di accoglierlo. Spingendomi giù, sentii le labbra della mia figa aprirsi per il suo cazzo, allargandosi mentre lui cominciava a riempirmi.

Lasciai cadere indietro la testa alla squisita sensazione del suo uccello. Caldo dentro di me, caldo sotto le mani, caldo contro le mie cosce. Affondai sempre più in basso fino a quando non fui completamente seduta sul suo inguine. Quando lo feci, il plug nel mio ano andò a scontrarsi con le sue cosce ed io trasalii. Ero così stretta, così piena del suo cazzo e del plug duro.

Non era abbastanza. Volevo di più. E così cominciai a muovermi. Scivolai su e giù, spostandomi e ruotando i fianchi, assicurandomi che il mio clitoride sfregasse contro di lui nel modo giusto. Chiusi gli occhi e gemetti. Ecco cosa mi era mancato durante la sculacciata. Ero stata vuota e adesso ero così piena.

La mano di Parker mi scorse lungo la colonna vertebrale, poi tornò su in un'unica carezza. «Piegati in avanti, dolcezza.»

Crollando sui gomiti, mi sdraiai sul petto di Sully, la nostra pelle madida di sudore. Mi bruciavano i capezzoli sfregando contro il suo petto. Le sue mani mi strinsero i fianchi, tenendomi ferma mentre mi baciava. Le nostre lingue si intrecciarono, i respiri si mischiarono. Eravamo davvero una cosa sola. Ma una non bastava.

Avevo due mariti e bramavo anche Parker. Con un gentile strattone, lui cominciò ad estrarmi il plug dall'ano. Inizialmente mi allargò ed io trasalii dentro la bocca di Sully, ma si liberò facilmente e a quel punto mi sentii vuota.

Piagnucolando, agitai i fianchi. Di più. Mi serviva di più.

«Ssh,» mi tranquillizzò Parker.

La bocca di Sully si spostò lungo la linea della mia mandibola, il collo, mentre sentivo il letto inclinarsi, sentivo Sully spostare le gambe così da fare spazio a Parker. Senza attendere oltre, sentii la punta larga del suo uccello insinuarsi contro il mio ano ormai pronto. Era bagnato e caldo, una sensazione completamente diversa dal plug.

Sully continuò a baciarmi mentre i suoi fianchi scendevano leggermente, permettendo ai miei muscoli interni di venire accarezzati e stuzzicati dal suo uccello mentre mi teneva ferma per Parker.

La pressione dell'invasione di Parker crebbe ed io interruppi il bacio con Sully. Potevo solamente respirare e sentirmi sicura nella sua presa con le sue mani sui miei fianchi. Parler mi afferrò una spalla ed io mi sentii immobilizzata. Mi trovavo tra loro due e presto sarei stata riempita da entrambi.

All'improvviso, il mio corpo smise di opporre resistenza e il suo uccello scivolò oltre lo stretto anello di muscoli che era stato allenato ad accettarlo. Gemetti nel sentirlo, spesso, dentro di me; pulsava ed era caldo, duro eppure morbido allo stesso tempo. Entrò, poi si ritrasse, poi andò sempre più a fondo fino a quando anche lui non fu dentro del tutto.

Avevamo tutti il respiro pesante, la pelle madida di sudore. Quello non era un atto sessuale da vergine. Quello era oscuro e volgare, eppure amorevole e una delle azioni più intime che si potessero compiere. Io stavo permettendo a quei due uomini di rivendicarmi, di prendermi insieme. Per

La sposa rubata

quanto fossero stati loro ad avere il controllo, ero io ad avere tutto il potere. Ero io ad unirci, anima e corpo.

E così, quando l'uccello di Parker fu dentro del tutto, io non potei fare altro che abbandonare ogni controllo. Ero loro, mi trovavo bloccata tra di loro, riempita dai loro cazzi. Impalata, penetrata. Presa. C'erano così tante parole, così tante emozioni che potevano descrivere ciò che provavo, per cui mi limitai ad appoggiare la testa contro la spalla di Sully e respirare.

Quando Parker cominciò lentamente a ritrarsi, Sully mosse i fianchi, facendolo finire leggermente più a fondo. Quando si ritrasse lui, Parker mi riempì. Lavorarono in tandem, forze opposte che cercavano di portarmi al limite e oltre.

Non fu difficile farlo. Ero stata preparata dalla loro punizione – il ventre di Parker sbatteva contro le mie natiche mentre mi scopava nel culo. Non c'era modo di dimenticare il loro dominio in tutto. Ero sensibile e vogliosa, il mio orgasmo era proprio lì, così brillante e accecante, così oscuro e avido.

Lo volevo. Ne avevo bisogno. Avevo bisogno di tutto ciò che i miei uomini mi davano.

«Prendilo,» disse Sully, come se fosse stato in grado di percepire quanto ci fossi vicina.

«Sì!» annaspai io.

«Sei nostra, Mary.» La voce di Parker era roca, un verso gutturale.

«Sì!» ripetei io.

Sì, sì, sì.

Avevo bisogno di farmi riempire, rivendicare, scopare. Avevo bisogno di trovarmi bloccata tra loro due, dal momento che quello era il mio posto.

«Posso venire?» chiesi. Volevo il loro permesso, volevo dare loro tutto. Il mio controllo era tutto ciò che mi era rimasto e, una volta che mi avessero dato il loro consenso, sarebbe svanito anche quello. Glielo avrei offerto come il mio corpo, la mia figa, il mio culo, il mio cuore.

«Adesso, dolcezza. Vieni adesso ed io ti riempirò.»

«Sì. Vieni e strizzaci il cazzo. Spremici il seme, prendilo a fondo.»

Le ondate di piacere e di desiderio furono troppo grandi. Cedetti in una forte e accecante esplosione di luce. il mio corpo si tese, un urlo mi rimase bloccato in gola. Tutto ciò che potei fare fu stringere i muscoli forte, trattenere i miei uomini a fondo dentro di me, estrarre il seme dai loro corpi nella maniera più elementare.

La presa di Sully si strinse sulle mie cosce e, con un'ultima spinta, gemette. Del seme caldo mi si riversò dentro, fiotto dopo fiotto. Parker lo seguì subito, quella presa sulla mia spalla che si stringeva e il suo cazzo che pulsava a fondo dentro di me.

Il loro seme mi ricoprì. Mi marchiò. Mi rese loro. Non c'era più nulla tra di noi. Nessuna barriera. Nessun muro. Nessun piano meschino.

Eravamo liberi.

Piagnucolai quando Parker si tirò fuori, sospirai, quando Sully scivolò via, ma mi accoccolai a loro quando si misero ai miei lati. Mi trovavo ancora tra di loro, avevo ancora le loro mani addosso. Nulla ci avrebbe separati. Avevo dei promemoria fisici di quella cosa – un sedere in fiamme, di sicuro dei lividi che mi si stavano formando sui fianchi, del seme che mi colava fuori, ma non avevo nemmeno bisogno di tutto quello, dal momento che avevo i loro cuori e loro possedevano il mio.

ISCRIVITI ALLA NEWSLETTER

Unisciti alla mailing list per essere informato per primo su nuove uscite, libri gratuiti, premi speciali e altri omaggi dell'autore.

http://vanessavaleauthor.com/v/db

L'AUTORE

Vanessa Vale è l'autrice bestseller di USA Today di oltre 50 libri, romanzi d'amore sexy, tra cui la famosa serie d'amore storica Bridgewater e le piccanti storie d'amore contemporanee, che vedono come protagonisti ragazzi cattivi che non si innamorano come gli altri, ma perdutamente. Quando non scrive, Vanessa assapora la follia di crescere due ragazzi e cerca di capire quanti pasti può preparare con una pentola a pressione. Pur non essendo abile nei social media come i suoi figli, ama interagire con i lettori.

facebook.com/vanessavaleauthor
instagram.com/iamvanessavale

TUTTI I LIBRI DI VANESSA VALE IN LINGUA ITALIANA

https://vanessavaleauthor.com/book-categories/italiano/

www.ingramcontent.com/pod-product-compliance
Lightning Source LLC
LaVergne TN
LVHW011836060526
838200LV00053B/4058